Wolfgang Schierlitz

Pleiten, Pech und Tannen

Wolfgang Schierlitz

Pleiten, Pech und Tannen

Lustige Weihnachtsgeschichten

rosenheimer

Besuchen Sie uns im Internet:
www.rosenheimer.com

3. Auflage

Titelillustration und Illustrationen im Innenteil: Sebastian Schrank, München
Lektorat und Satz: Bernhard Edlmann Verlagsdienstleistungen, Raubling
Druck und Bindung: CPI books GmbH, Leck
Printed in Deutschland

ISBN 978-3-475-54299-2

Inhalt

Vorwort

Den begeisterten Autor vieler satirischer, skurriler Geschichten kenne ich schon seit meiner Studienzeit, als ich mit ihm auf Skitouren in den Chiemgauer Bergen umherstreifen durfte. Abseits der Wege, im Nirgendwo, zu Zielen, die eigentlich keine sind. Dort bewohnt er, auch heute noch, manchmal eine kleine Felshöhle, die niemand kennt, auch ich nicht. Ich ahne nur, wo sie ist, und darf vielleicht einmal mit, im Sommer, mit Schlafsack und einer Flasche Wein bewaffnet.

An diesem seltsamen magischen Ort schreibt Wolfgang seine verrückten Geschichten, die dem Leser möglicherweise erfunden zu sein scheinen. Aber nur dann, wenn sie Wolfgang nicht kennen. Denn wer ihn kennt, noch dazu so lange wie ich, weiß, dass all das Skurrile, von dem er schreibt, gar nicht ausgedacht sein kann. So viel gebündelter Nonsens fällt kaum jemandem ein. Den muss er schon selbst erlebt haben. Literaturkritiker werden ihn deshalb irgendwann einmal als Realsatiriker einstufen.

Ein kalter Januartag. Wolfgang erwartet ein Familienmitglied und öffnet die Haustüre, weil es geklingelt hat. Nackt. Kann ja mal vorkommen. Nach dem Duschen – oder so. Aber die Heiligen Drei Könige mit Begleitschutz stehen da und wissen nicht mehr, was sie tun sollen. Singen oder Ausreißen. Der Begleitschutz ordnet die sofortige Flucht an – und liefert Wolfgang eine köstliche Geschichte, die vermutlich nur er erleben kann.

Man sollte ihn unbedingt selbst erleben, beim Lesen – nein, beim Erzählen seiner Geschichten, die er meist auswendig rezitieren kann. Dann erst werden seine Anekdoten richtig glaubhaft. Wenn dann noch seine Angetraute dazu singt – ein Profi ihres Fachs –, erlebt man einen Abend, den man so schnell nicht mehr vergisst, und gelangt vermutlich zu der Auffassung, dass dieser Woifi wirklich einmalig ist.

Klaus G. Förg

Der größte Erfolg

Wie ich damals, vor vielen Jahren, zu der Ehre gekommen bin, weiß ich heute nicht mehr so genau. Ich sollte, so wurde entschieden, die Weihnachtsfeier bei der Bergwacht durch meinen Auftritt als Nachfahre des berühmten heiligen Nikolaus von Myra bereichern. Wahrscheinlich war dieser Beschluss bei einem tiefgründigen Treffen auf der Stützpunkthütte im Hausgebirge des Vereins entstanden. Tiefgründig insofern, als die Biergläser nicht nur tief, sondern sogar unergründlich geworden waren.

Ich übernahm also diesen Job, und beinahe wäre er mir auf ewig geblieben. Wenigstens bis an mein Lebensende. Nur meiner Veranlagung, tiefernste Anlässe parodistisch zu interpretieren, habe ich es zu verdanken, dass dem dann doch nicht so war. Man hat schließlich vor Kurzem einen frommeren und ernsthafteren Menschen mit dieser bedeutenden Rolle betraut. Die Ehefrau eines Funktionärs, bibelfest und kirchentheologisch stärker gebildet als ich, gab nach vielen Jahren den Befehl, meine Suspendierung von diesem Amt zu veranlassen. »Unsere

Weihnachtsfeier darf keinesfalls zu einem weltlichen Spektakel entarten!«, so ihre Kritik.

Von ihrem Standpunkt aus hatte sie sicher vollkommen recht. Sie vermutete sogar ungerechterweise eine blasphemische Veranlagung hinter meiner ehrlich-christlich-menschlichen Einstellung.

Dabei war es in Wirklichkeit so: Ich erhielt dürftige Stichworte und Hinweise über situationskomische, oft sogar kompromittierende Schwächen und Verfehlungen der Helfer und Retter aus großer Not am Berg. Daraus verfasste ich eine satirisch-unterhaltsame Performance (wie man auf gut »Denglisch« heute sagen würde). Diese Episoden und Ereignisse eines Jahres im Dienste der Menschheit und im Gebirge wurden mir aus bestens informierten Kreisen mehr oder weniger glaubhaft zugetragen. Ich schwöre aber heute noch beim heiligen Nikolaus, dass ich die oft wirklich groben Verunglimpfungen bis auf wenige, verträgliche Rudimente gestutzt hatte.

Trotzdem entstand noch genügend Stoff und sogar ausreichend Schadenfreude, die eine mehr oder weniger unterhaltsame Weihnachtsfeier erst richtig beleben können. Und der anhaltende Erfolg gab mir da recht.

Begonnen hatte die Demontage meiner Position schon früher, weil meine Kostümierung für einen ernsthaften Heiligen unzulänglich war. Nach überwiegender Meinung der doch recht rauen Gesellen war ich aber modisch bestens angepasst. Mehrere Jahre trat ich, angetan mit einem zotteligen Pelzmantel, mit viel zu großen Stiefeln und ohne den hohen, Achtung gebietenden Kopfschmuck auf. Ich wurde eher als Krampus oder Knecht Ruprecht angesehen, einer von den gröberen Begleitern des braven Nikolaus, die ich mir als Bergfexe besser vorstellen kann als den guten Bischof. Da entstand bereits die erste Rüge durch die Verfechterinnen einer heiligeren Einstellung zu dieser Überlieferung: »Im nächsten Jahr wirst du vor allem einmal würdiger ausgestattet.«

Und so geschah es. Ich wurde mit den Insignien und Kleidern eines glaubwürdigeren Vertreters der kirchlichen Geschichte ausgerüstet. Nicht fehlen durfte da auch der Stab des Herrn in echter Goldimitation. So stark veredelt, verhielt ich mich bei meinem Auftritt absichtlich etwas gehemmt und linkisch.

Bereits beim Erscheinen entstand ein böser Eklat. Die hohe, ehrwürdige Mütze blieb am oberen Türrahmen hängen. Ich wurde, barhäuptig, erst einmal verlacht. Das tat aber überhaupt nicht weh und brachte mich erst recht auf spaßige Einfälle: »Der 4. Dezember ist heuer ein besonderer Anlass, da lese ich euch heute aber gscheit die Leviten, dass euch die Augen tropfen!«

Das Gelächter erreichte fast den Höhepunkt. »Weißt du nicht, dass der Nikolaus am 6. Dezember kommt, und zwar heute?«

»Schon, aber was ihr nicht wisst: Ich bin seit dem 4. Dezember unterwegs, habe mich dreimal verirrt, weil der Hirsch, der mich gezogen hat, Tollwut bekam, und der Schlitten ist auch im Arsch. Draußen vor eurer Tür ist er verreckt, zusammengebrochen.«

Den größten Erfolg erzielte ich aber dadurch, dass ich zu guter Letzt auch noch über den heiligen Bischofsstab stolperte, zu Boden fiel und sich der mitgebrachte Sack öffnete. Der Inhalt fiel heraus. Eine Wärmflasche und ein großer Osterhase veranlassten den Gipfel des Beifalls für diesen Einfall.

Das waren natürlich zu viele Dornen in den Augen einer zwar kleinen, aber bestimmenden Fraktion. Im darauffolgenden Jahr wurde der Zufluss in Form von nützlichen Stichworten und Informationen für den festlichen Auftritt total unterbunden.

Dankend hatte ich damit endlich die Arbeit und Bürde eines zwar ergreifenden, unterhaltsamen, aber unkonformen Nikolausauftrittes abgeschüttelt. Die nächste Erscheinung wurde zwar von einer feierlicheren Nikolausverkörperung geprägt.

Aber meine sozial-gesellschaftlichen Erfolge blieben unerreicht.

Nikolaus und der Heiligenvorrat

So mancher frühere Heilige trat leider mit der Zeit etwas in den Hintergrund. Nicht so der Bischof Nikolaus. Er hat längst seinen festen Platz im Herzen der Kinder erobert. Schließlich ist er ja auch ihr Schutzpatron.

Bis zu einem gewissen Alter wartet am auserwählten Tag sowohl das brave als auch das böse Kind mit Spannung auf Geschenke, Lob oder Tadel. Ältere Gören haben zwar das Spiel bald durchschaut, doch die Popularität des Heiligen verharrt ungebrochen, auch wenn sich hin und wieder eine Dame männlich als Schutzpatrone kostümiert. Vor allem für die lieben Kleinen kennt der Zauber vom Weihnachtsmann – aber bitte, in Bayern heißt er ausschließlich Nikolaus – keine Grenzen.

Ich weiß noch genau, wie unsere beiden Buben dem Tag entgegenfieberten, an dem der gute Heilige im Kindergarten erschienen ist. Da wurde dann zu Hause über jede Geste und jedes Wort des Pfarrgemeinderatsgehilfen, eines ersatzdienstleistenden Kriegsdienstverweigerers, begeistert erzählt.

Rätselhaft für die beiden Buben blieben die letzten Ermahnungen, bevor der brave Mann wieder dem Himmel zustrebte: »Liebe Kinderlein, ich fahre jetzt wieder zurück in den Himmel. Der Schlitten mit dem eingespannten Rentier wartet bereits vor der Tür. Vorher aber müsst ihr mir versprechen, dass ihr euern Eltern schön folgt und nicht bis zum Tag des Sankt Nimmerlein damit wartet, brave Kinder zu werden.«

Natürlich wollten die schon leicht misstrauischen Kinder sofort zur Türe, um den Nikolaus eventuell nach oben davonbrausen zu sehen. Nur mit Mühe konnte eine beherzte Kindergärtnerin das verhindern. Da wäre der Herr Pfarrgemeinderatsgehilfe sauber aufgeflogen, bevor er irgendeinen Schlitten oder sonst ein Gefährt erreicht hätte!

Daheim wurden wir anschließend mit der schweren Frage konfrontiert: »Wer ist dieser Sankt Nimmerlein?«

So geben Kinder immer wieder Anregungen, unbekannten Dingen auf den Grund zu gehen. Auch ich machte mir ernsthafte Gedanken und fand Folgendes heraus: Während der Nikolaus von Myra immer mehr Auftrieb bekam, wurden andere, nicht minder wichtige Heilige leider sträflich vernachlässigt. Manche hat der Lauf der Zeit sogar völlig verdrängt und der Vergessenheit anheimgegeben.

Besonders an diesen einen bayerischen Verfechter des Glaubens und Mitbegründer christlichen Verhaltens, den heiligen Sankt Nimmerlein, denkt heute kaum mehr jemand. Wenngleich der Vorrat an Heiligen nicht gering ist, so hat es doch mit dem Sankt

Nimmerlein eine besonders eigenwillige Bewandtnis. Der Nikolaus von Myra ist zwar glaubhaft beurkundet, könnte aber, was seine Bedeutung angeht, dem heiligen Sankt Nimmerlein nicht das Weihwasser reichen. In der Heiligenforschung müsste dieser eigentlich einen viel breiteren Raum einnehmen, weil er einer der wenigen aus der Gründerzeit sein dürfte, der mitsamt seiner frühchristlichen Krypta ausgegraben werden konnte. Dabei fand man auch sein aufschlussreiches pergamentenes Poesiealbum, das sein Wirken glaubhaft untermauert.

Da der Heilige das heutige Kirchenrecht noch nicht kennen konnte und daher auch nicht ausschließlich die Ehe als Beziehungskiste verherrlichte, half er vielen Menschen, die sich auf die mehr informelle Tour zusammengefunden hatten. Sein Motto lautete: »Es ist nicht gut, dass der Mensch allein sei, wenn er auch zu zweit sein kann.« Selbst an die Bedeutung seines Namens denkt heute kaum mehr jemand. »Nimmerlein« ist nämlich die Kurzform für »Niemehrallein«.

Es müsste ja nicht gleich einer der höchsten Feiertage sein, den man ihm widmet, wenngleich leicht genügend Platz dafür im Jahresablauf der bayerisch-christlichen Tradition vorhanden wäre. Anbieten würde sich dafür der Heiligdreikönigstag, weil ja kirchenrechtlich inzwischen feststeht, dass es sich um drei Ungläubige, noch dazu mohammedanische, Magier gehandelt hat.

Möglich wäre es auch, den Valentinstag dafür aufzumotzen. Da denkt nämlich jeder, sogar mit Blumengrüßen ausgerüstet, an die Liebe. Und das war genau das Anliegen dieses tapferen Mannes. Schon damals hatte er eine Vision, die in unsere moderne Zeit mit der geänderten Einstellung zum Thema Beziehungskisten hervorragend passen würde.

Das könnte den vergessenen Kämpfer für das Glück Liebender wieder aus der Versenkung holen und die Heiligen Drei Könige etwas zurechtstutzen, weil man ja nicht genau weiß, ob sie später noch zum Glauben bekehrt worden sind oder nicht.

Gerade noch davongekommen

Früher erwarb ich unseren Weihnachtsbaum noch vom Händler. Aber eine schlimme Erfahrung brachte es mit sich, dass ich dazu überging, der Sache eigenverantwortlich, bodenständig und biomäßig auf den Grund zu gehen. Der Händler war jedoch daran völlig unschuldig.

Trotzdem schrecke ich oft noch nachts auf deswegen, denn beinahe wäre ich damals kurz vor dem himmlischen Fest in Teufels Küche gekommen, wie man so sagt.

Das Ganze ist jetzt schon länger her und kam so: Ich erwartete ein neues Auto. Der Liefertermin war längst verstrichen. Da rückte der 24. Dezember bedenklich nahe heran, und die Familie übte schon starken Druck aus, weil alle Nachbarn bereits ihre schmucken Nordmanntannen auf ihren Balkonen ausstellten. Ich musste handeln.

Notgedrungen stieg ich in mein abgemeldetes, ausgedientes Auto mit ungültigem Kennzeichen. Das altersschwache Gefährt sprang auch brav an, und ich begab mich in die Stadt zu dem weihnachtlich geschmückten großen Platz, auf dem viele schöne Tannen auf ihre Käufer warteten.

Der Händler wickelte den Baum meiner Wahl maschinell in ein Plastiknetz und wuchtete ihn auf den Dachständer. Preismäßig war ich an die oberste Grenze geraten. So ein Zuchtstück ist ja nicht gerade billig, doch ich hatte das angenehme Gefühl, unsere weihnachtliche, abendländisch-christliche Tradition fortzusetzen. Da denkt man zuletzt an Sparsamkeit, sondern vielmehr an die Ausstrahlung eines Frieden verkündenden Lichterbaumes und den Segen des hohen Ereignisses.

Guter Dinge und ein adventliches Lied summend fuhr ich heimwärts. Aber nur bis der Motor zu stottern anfing. Ich schaffte es nur noch bis in eine Unterführung. Dann war Schluss.

Immer wieder versuchte ich zu starten. Der Anlasser wurde schwächer und schwächer. Plötzlich brach auch noch der Zündschlüssel ab. Und – völlig unpassend – nahte auf der gegenüberliegenden Seite eine Polizeistreife. Ich dachte nur noch: »Und suche mich nicht in der Unterführung!«

Geistesgegenwärtig stieg ich sofort aus und erklärte den Beamten, dass der Benzinanzeiger versagt hätte. Eine längere Warteschlange, bestehend aus nachrückenden Fahrzeugen, drängelte bereits unangenehm.

Und da darf ich wieder einmal sagen: die Polizei, dein Freund und Helfer! Die beiden uniformierten Wächter des Gesetzes legten Hand an und schoben mich aus der Unterführung an den Straßenrand mit der Auflage, an der nahen Tankstelle Sprit zu besorgen. Mit herzlichen Wünschen für ein pannenfreies, frohes, glückliches Fest verabschiedete ich mich von meinen Helfern aus großer Not.

Dann zwang ich mich zu einem letzten Versuch. Den abgebrochenen Teil des Zündschlüssels fest in das Schloss drückend startete ich noch einmal durch. Und siehe da, es geschah ein echtes, weihnachtliches Wunder, wie vielleicht sonst nur noch in Altötting oder Lourdes: Der alte Motor sprang wieder an, und erleichtert, fröhlich pfeifend, erreichte ich die noch offene Garage als glücklicher Heimkehrer.

Bei der Einfahrt knirschte und krachte es jedoch erheblich. Und als ich ausgestiegen war, lagen eine gehäckselte Nordmanntanne und ein völlig verbogener Dachständer hinter dem Auto.

Ist es da ein Wunder, wenn man nur noch der Natur vertraut und im nahen Forst zu den biologisch-heidnischen Ursprüngen des Christbaums finden will?

Christbaumerwerb mit Hindernissen

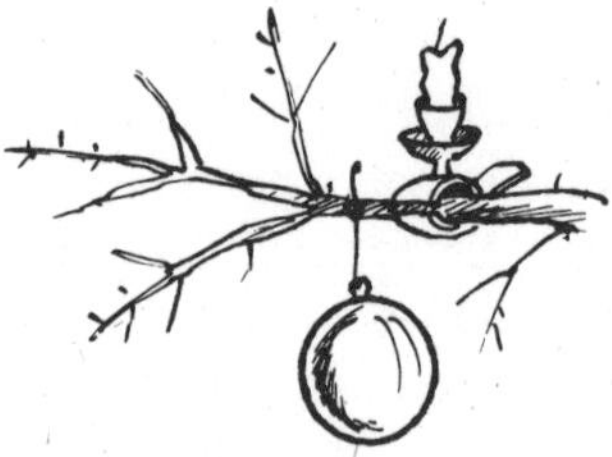

Und es begab sich ein andermal, dass wir noch keinen Christbaum hatten. Es ward aber bereits Vorabend des 24. Dezember, und Weihnachten stand in schon fast unmittelbarer Nähe vor der Tür. Meine liebe Frau wurde daher bereits ziemlich ungehalten. Noch dazu weil ich versprochen hatte, rechtzeitig für das hohe Fest christbaummäßig tätig zu werden. Beschämenderweise hatte ich den wichtigen Termin glatt übersehen.

Um einer Schimpfkanonade auszuweichen und weil mir der Hausfriede über alles geht, strebte ich, bewaffnet mit Beil und Fuchsschwanzsäge, dem nahen Walde zu.

Leider war ich für einen Winterspätnachmittag mit zweistelligen Minusgraden und Schneetreiben schlecht gerüstet. In überstürzter Eile, barhäuptig, nur mit einem dünnen Pullover angetan und in Birkenstockschuhen erreichte ich den Waldrand. Aber ruhig, gefasst und voller Tatendrang, meiner bedeutenden Aufgabe bewusst, ignorierte ich vorläufig noch die Kälte.

Dämmer lag schon schwer über der Flur. Der Wald stand schwarz und schwieg. Nur die Sterne glitzerten feierlich und erhaben in die weihnachtliche Stille. Noch war mir warm ums Herz, wenn auch die Zehen schon gefühlloser wurden.

Das Licht wurde spärlicher. Glücklicherweise sind meine Sinne sehr scharf, vor allem der Tastsinn. Und der war jetzt sehr gefragt. Es dämmerte nämlich bereits so stark, dass es eigentlich schon dunkelte.

Da verlor ich den Halt. Es ging abschüssig hinunter, und ich landete, o Glück, genau vor einer jungen Fichte. Das Beil ging verloren, doch der Fuchsschwanz hatte mich nicht verlassen.

Dieser war jedoch schon älterer Bauart und biss sich ungern in das widerspenstige Holz. Es wurde mir etwas wärmer. Ich wurde etwas ungehaltener. Zuletzt packte ich das angesägte Bäumchen und wollte es brechen. Das gelang auch, weil ich schon etwas stärker erzürnt und gewalttätiger geworden war. Mit einem Kracher brach es ab.

Ich aber verlor schon wieder das Gleichgewicht, und es ging dahin. Ein eiskalter Bach nahm mich auf, aber so schnell bin ich noch nie einem Wasser entsprungen. Die Fichte fest umklammert, unter Verlust der Säge, trabte ich im Schweinsgalopp der heimatlichen Heizung entgegen.

Das wurde durch meine gefrierende Umhüllung zunehmend schwieriger. Angeschlagen und halb erfroren nahm mich unser trautes Heim wieder auf.

Die Begeisterung meiner lieben Frau hielt sich aber sehr in Grenzen. Vor allem weil sie anschließend beim Schmücken der Fichte ziemlich hilflos wurde. Das Problem war nämlich folgendes: Es gab wenig Äste zum Anhängen der reichlich vorhandenen goldenen Kugeln und Figuren, und für die Platzierung von Kerzen war der Baum ebenfalls nicht ausladend genug.

Als die lieben Verwandten am Ersten Heiligen Weihnachtsfeiertage eintrafen, konnte ich ihrem mehrfachen Spott ob des dürftigen Bäumchens nicht entrinnen.

Wie wenig doch gerade unsere Liebsten es zu würdigen wissen, wenn man unter Einsatz seiner körperlichen Unversehrtheit ihre Herzenswünsche erfüllt!

Ein weihnachtlicher Wald im Wohnzimmer

Nach solchen negativen, ja gesundheitsgefährdenden Erlebnissen in Verbindung mit der staden Zeit und voll nachträglichem Ingrimm beschloss ich, bereits nur ein Jahr später, vor dem nächsten Weihnachtsfest, strategisch vorzugehen.

Schon zwei Tage vor dem Geburtstermin von Jesus war ich im nahen Staatswald unterwegs. Gut ausgerüstet wie ein Trapper in Alaska, einschließlich Pelzmütze mit Ohrenklappen, streifte ich durch die Waldeinsamkeit. Um etwaige unchristliche Kontrollen, sogar im Staatsforst, zu vermeiden, trug ich Tarnkleidung wie ein Profijagdmeister. Die Plüschunterhose, langes Bein, Marke Nordpol, wärmte selbst bei krachenden Frosttemperaturen wohlig.

Der Mond grüßte schon mit trautem Schein, Sterne blinkten und leuchteten freundlich herab, obwohl ich beizeiten am Spätnachmittag aufgebrochen war, den uralten christlichen Brauch der Christbaumtradition zu erfüllen. Eine beglückende weihnachtliche Stimmung ergriff mich. Sogar die nahe Autobahn verhielt sich ruhiger als sonst.

Meine Ausrüstung war perfekt. Eine schwere Stablampe, die laut Beilagebroschüre einen fokussierten, aber auch einen gestreuten Kegel bis zu hundert Meter weit werfen konnte, war griffbereit in einer meiner zahllosen Taschen der Outdoortrekkingjoppe. Eine teure japanische Spezialbaumsäge lugte aus der Scheide und wartete auf ihren Einsatz.

Auf den Einwand meiner lieben Frau, dass die prächtigste Nordmanntanne nur halb so teuer wäre, hatte ich mit dem Trotz und Stolz eines Familienoberhauptes reagiert, das jeder Situation gewachsen ist und unabhängig vom Trend eines blinden Konsumierens, selbst von Christbäumen, sein Leben und das seiner Lieben autark meistert.

Bei meinem und meiner Ausrüstung Einsatz verlor ich dann kurz die Orientierung, weil ich schon wieder im Unterholz stecken geblieben war. Da nützte auch die Speziallampe so gut wie nichts.

Doch schon nach einer halben Stunde war ich wieder frei, und endlich fand ich die Objekte meiner Vorstellung, die mir ein waldmäßig geschmücktes Wohnzimmer für die hohen Feiertage der Christenheit zu versprechen schienen. Nun ging es ans Fällen.

Eine japanische Baumsäge ist das Beste, was für das Beseitigen von Ästen, aber auch das Umlegen von bis zu mittelstarken Bäumen auf dem Markt angeboten wird. Daher hatte ich schon nach kurzer Zeit den Platz gründlich ausgeholzt und zehn Unterstandbäume entfernt, welche die weitere Entwicklung größerer Stämme hemmten. An ein Seil gebunden schleppte ich die gesamte Beute so nach und nach dem Waldrand zu. Das dauerte seine Zeit, weil eine unebene Waldlandschaft viele Hindernisse aufweist.

Zwar abgekämpft, aber siegesbewusst traf ich um Mitternacht zu Hause ein. Alles, einschließlich unserer Katze, war schon in tiefer Nachtruhe.

Bis zum Morgengrauen arrangierte ich einen richtigen grünen Wald im Wohnzimmer zur freudigen Überraschung – so dachte ich – für meine liebe Frau. Etwaigen Schmuck, bestehend aus festlichen Kugeln und Kerzen, sollte dann sie gestalten. Sie war ja die Interieur- und Kunstexpertin im Hause.

Nach wenigen, unruhigen Stunden Schlafes mit Albträumen – ich erinnere mich, dass darin ein Christbaumdieb vorkam, der im Gefängnis auf sein Strafmaß wartete – schreckte ich hoch. Meine liebe Frau stand händeringend am Bette und wollte von mir wissen, warum über Nacht ein Wald im Wohnzimmer aufgewachsen war.

Es wurde aber dann doch noch eine beschauliche Festzeit, denn viele Verwandte und Bekannte wollten unseren Privatwald besichtigen. Es hatte sich wie ein Lauffeuer herumgesprochen, was Weihnachten doch alles bieten kann. So etwas hatten sie noch nie vernommen.

Nur der Platz für die vielen glücklichen Verwandten, Freunde und Mitfeierer war etwas eingeschränkt. Wie es in einem Wald eben so ist.

Dekorationsreserven

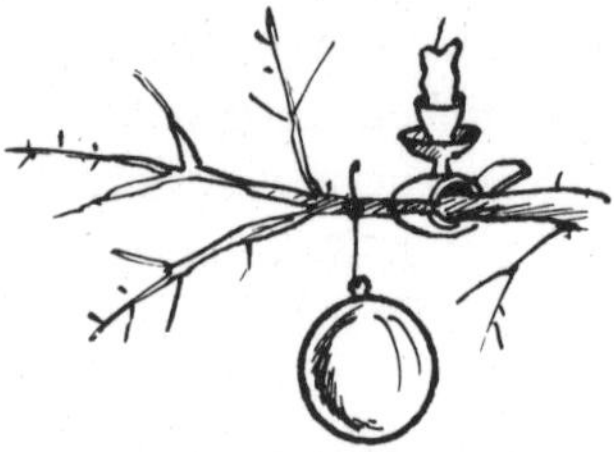

Im Laufe der Jahre sammelt sich so manches an.

Eines Tages fiel auf, dass unser Vorrat an Christbaumschmuck locker für ungefähr 30 Tannen ausreichen würde. Das gab mir ein überaus beruhigendes Gefühl.

Meine eher praktisch veranlagte Frau stellte leider dazu fest: »Es genügt doch, wenn wir einschließlich Reserve für fünf Baumdekorationen ausgerüstet sind.«

In einer sehr lebhaft geführten Familienkonferenz wurde dieses Thema zwischen zwei Weihnachtsfesten immer wieder konträr diskutiert. Jedes Mal im Advent flammte das unlösbare Problem erneut auf und blieb bis einschließlich Lichtmess virulent.

Ein Ergebnis ließ auch noch viele Jahre später auf sich warten. Eigentlich lässt es das bis heute.

Inzwischen ging es bereits um Schmuckausrüstung für mindestens 40 Bäume. Die Sammlung hatte sich wunderbar vermehrt.

Das lag auch daran, dass uns ein befreundeter Fabrikant und Hersteller von Christbaumschmuck großzügig öfter seine neuesten Kreationen zukommen ließ.

Leider musste die Firma inzwischen Insolvenz anmelden. Hoffentlich nicht wegen uns.

Aber auch sonst schickten sowohl Verwandte als auch weniger zur Familie zählende Personen volle Schachteln mit entsprechendem weihnachtlichen Inhalt und Zeichen der Erleichterung an unsere Adresse.

Eine Nichtachtung und mangelhafte Wertschätzung unseres reichen kulturellen, weihnachtsbrauchtümlichen Erbes breitet sich anscheinend seuchenmäßig in allen Gauen unserer Heimat aus. Da scheinen wir mit konsequenter Erhaltungsmentalität gerade noch rechtzeitig gegen den Ausverkauf wertvoller Traditionen einen sinnvollen Kampf auszufechten.

Die Ursachen dieser Verwahrlosung sind vielfältig. Entweder weil immer mehr Christbäume einschließlich Behängung inzwischen total aus Plastik gestaltet sind oder weil unbegreiflicherweise ganze Familien das hohe Fest der Christenheit eher baumlos, vielleicht nur mit einem mickrigen Zweiglein sowie einsam brennenden Kerzlein, vorübergehen lassen.

Ein moderner Zeitgenosse an unserem Stammtisch im Advent: »So ein täuschend echt imitierter Plastikbaum ist hochrentabel. Da nimmst du einmal etwas mehr Geld in die Hand, und schon hast du ein Leben lang Ruhe mit dem nervigen Christbaumkauf. Diese Nordmanntannen kosten ja außerdem inzwischen ein Vermögen, und den ständig wiederkehrenden Arbeitsaufwand sparst du noch dazu. Das ist alles ein Abwägen des Preis-Leistungs-Verhältnisses. An Lichtmess verschwindet der Baum in der Kiste und kommt erst im nächsten Advent wieder frisch aus der Versenkung zum frohen christlichen Fest, und alles freut sich genauso wie früher mit einem echten Holzbaum. Wichtig war mir auch zur Präventation gegen Brandkatastrophen ein Material, das sehr schwer entflammbar ist. Ein Kurzschluss in der elektrischen Illumination bleibt zwar unwahrscheinlich, aber wie schon der große Karl Valentin sagte: ›Bei mir geht die Sicherheit über die Seltenheit!‹«

Ein weiser Spezialist sowohl als gelernter Theologe als auch Vorstandsmitglied im Verein christlicher Männer: »Solche Traditionseinschränkungen kommen glaubenzersetzend mit Sicherheit aus Amerika, wo es angeblich nur noch eine einzige Christbaumschmuckfirma geben soll. Sie befindet sich ausgerechnet im heißen Arizona, und als deutscher Pfarrer denkt man da eher an Kaktus als an Tanne, geschweige denn an die Geburt des Erlösers.«

Überhaupt scheint die praktisch-künstliche Seite gegenüber der Tradition bereits gewaltige, bedenkliche Fortschritte zu erreichen. Es sollen nämlich inzwischen sogar aufblasbare Symbole des Friedens und der Liebe im Handel sein.

Wie tief wir konservativen Freunde des Weihnachtsfestes im Abendland doch immer noch zu Recht an überlieferten Gebräuchen hängen!

Uns stellte sich also die Frage nach der leider stark begrenzten Möglichkeit zur Bilanzierung und

Auflistung der weihnachtlich-dekorativen Bestände an Kugeln, Blasengeln, Christbaumspitzen, Zapfen, Lamettavorräten, Glöckchen, Kerzen (sowohl aus echtem Bienenwachs als auch aus minderwertigerem Stearin), Rauschgoldengeln, Strohsternen, Spraydosen für künstlichen Schnee sowie anderweitigen unerlässlichen Zutaten.

Der Versuch, eine Aufstellung aller Schmuckteile in unseren verschiedenen Lagerplätzen zu bewerkstelligen, scheiterte an der Erkenntnis, dass dazu ein unberechenbarer Zeitraum verstreichen würde.

Außerdem schockierte mich eine deprimierende Feststellung, die meine liebe Frau einwarf: »Nach meiner Schätzung müssen wir durch unsachgemäße Lagerung mit etwa 20 Prozent Bruch der empfindlichen Teile rechnen.«

Da freut man sich immer wieder heimlich, wenn von allen Seiten nachgeliefert wird, um den Schaden auszugleichen, dräuende Verluste einzudämmen. Das ist für uns gelebte Umsetzung unseres Mottos: »Aktive Unterstützung und Bewahrung von bodenständigen Bräuchen und Überlieferungen in unserem christlich geprägten Heimatland«.

Bergweihnacht

Die Bergeinsamkeit, das wird jeder Alpinist gern bestätigen, fördert unter anderem auch die Beschaulichkeit und das Glück der Weihnachtszeit. Ich wusste das aus eigener Erfahrung. Aber auch mehrere meiner Spezln waren der gleichen Meinung. Deshalb stiegen wir am 24. Dezember durch den tief verschneiten Winterwald hinauf in die erhabene Stille, um uns in Besinnlichkeit auf den häuslich-abendlichen Event einzustimmen. Zu Hause und drinnen in den Stuben werkelten dieweil unsere besseren Hälften und waren dabei, das schönste Fest des Jahres würdig vorzubereiten.

Diesmal, so behaupte ich, war ich über jede Kritik erhaben, weil eine ganz passable Fichte auf ihre schönste Bestimmung, nämlich den Menschen Freude zu bereiten, und auf ihre Veredelung durch liebevollen Schmuck wartete. »Dass du auch rechtzeitig zurück bist«, verabschiedete mich meine liebe Frau. Sie klang ein wenig skeptisch.

Als passionierte Skitourenwanderer trafen wir schon am frühen Nachmittag auf der Klausen ein.

Das war die letzte urwüchsige Bergunterkunft im weiten Umkreis unserer heimatlichen Alpenwelt. Heute noch ergreift mich nostalgische Wehmut, wenn ich zurückdenke. Diese Hütte ist nämlich schon lange dem Verfall preisgegeben, weil die Kriterien, die heutzutage an Bergunterkünfte gestellt werden – ob bezüglich der sanitären Anlagen oder anderer unabdingbarer Komfortmerkmale –, nie erfüllt werden konnten. Und das gerade machte sie bei uns Alpinisten, die noch zurück zur Natur wollen, so beliebt.

Im Kreise einer eingeschworenen Gemeinschaft – es handelte sich überwiegend um Flüchtlinge, die dem vorweihnachtlichen Trubel ausweichen wollten –, nahm das hohe Fest seinen würdigen Anfang. Der Kanonenofen Baujahr 1929 glühte, eine kleine Brotzeit und ein größerer Umtrunk stimmten uns ein auf die wunderbare Atmosphäre, die Christi Geburt immer wieder entstehen lässt. Gesang mit Begleitung durch Maultrommel und Gitarre, aber auch der gute Rotwein sowie Weihnachtsbockbier ließen die Stunden in angenehmer Gesellschaft allzu schnell vorüberziehen. Wir intonierten auf Wunsch der Hüttenwirtin sogar ein Weihnachtslied, weil sie eine sympathische Person war und hübsch dazu: »Es werd scho glei dumper, es werd scho glei Nacht«.

Das bewahrheitete sich aber auch leider bald. Wir hatten keine Angst vor einer Abfahrt mit wenig Licht, aber konnte man dem Vollmond denn im wahrsten Sinne des Wortes blind vertrauen?

Als die mahnenden Stimmen die Oberhand gewannen und das Gewissen zu rumoren anfing, rüsteten wir uns zum Abschied. Die Standhaftigkeit unserer Beine hatte etwas nachgelassen, aber mit den Skiern darunter kehrte die Selbstsicherheit zurück.

Normalerweise nimmt so eine Abfahrt nicht allzu viel Zeit in Anspruch. In unserem Falle war das etwas anders. Noch dazu, wo wir die Abkürzung ausgesucht hatten, die durch den Wald führt. Wir wollten wenigstens etwas Verspätung wiedergutmachen.

Ausgerechnet der Bergwachtmann und Skiführer des Alpenvereins unter uns war bereits nach kurzer Zeit lädiert, weil er einen Baum zu stark gestreift hatte. Die entsprechende Gesichtshälfte wirkte entstellt, obwohl er sonst ein gutes Aussehen besaß. Im Erste-Hilfe-Verfahren verpflasterten wir ihn sachgemäß.

Doch da war schon der nächste Ausfall zu vermelden. Durch Schneeverwehungen entsteht nämlich manchmal eine sogenannte Randkluft um einen Baum herum. Da bildet sich darunter ein Hohlraum, oft bis zu zwei Meter tief. So ein Loch hatte das Verschwinden eines Kameraden verursacht. Hohl und gedämpft vernahmen wir seine Stimme aus dem Untergrund. Es dauerte aber etwas, bis wir ihn orten konnten. Glücklicherweise war er nur oberflächlich verletzt, und so ein paar Kratzer konnten unseren eiligen Drang bergabwärts nicht bremsen.

Vorsichtiger geworden, zügelten wir dann doch das Tempo stärker. Aus Schaden wird man klüger. Trotzdem fiel ausgerechnet ich in eine dolinenartige Vertiefung. Es dauerte aber höchstens eine halbe Stunde, bis ich wieder einsatzfähig war.

Nun schworen wir uns, zusammenzuhalten, zusammenzubleiben, um schlimmere Verluste zu vermeiden. Als wir schon zu sehr fortgeschrittener Stunde zu Tale angekommen waren, fehlte trotzdem ein Kamerad. Er hatte sich aber nur verirrt und stieß nach nicht allzu langer Wartezeit wieder zu uns.

Inzwischen hatten die Ungeduldigeren unter unseren Frauen bereits die Bergwacht alarmiert. Die Erfahreneren unter ihnen konnten die Aktion nicht mehr verhindern.

Zum Glück meinte der diensthabende Retter: »Keine Sorge, da ist ja ein ausgebildeter und erfahrener Bergführer aus unserer Abteilung mit von der Partie.«

Was dieser hilfreiche Geist nicht wusste: Gerade der ausgebildete und erfahrene Spezialist hatte die größten Probleme, massive Scheidungsdrohungen seiner Frau abzuwenden.

Vom höchsten Balkon der Welt

Es begab sich aber, dass schon wieder ein Jahr zur Neige ging.

Skitouren in der sonst von Unruhe und Hektik geprägten Weihnachtszeit hatten bereits eine lange Tradition bei uns Bergfreunden. Aus gutem Grunde kam aber der Geburtstag Jesu dafür nicht mehr infrage. Schließlich kann man das Familienglück nicht zu oft leichtsinnig aufs Spiel setzen.

Also waren wir bereits ein paar Tage vorher zum Ausklang der Adventszeit unterwegs in abgelegenen winterlichen Pulverschneegefilden. Während sich Tausende auf dem Weihnachtsmarkt zum Glühwein verabredeten, gestalteten wir unsere eigene Version dieser Gepflogenheit. Wobei wir aber nebst Kocher, Kessel und diversen Zutaten einen feinen Qualitätsrotwein in ausreichender Menge bergauf mitschleppten – nicht den üblichen billigen Plempel, der im Kopf oft schwere Probleme anrichtet, und das sogar am nächsten Tag.

Schon am frühen Vormittag rüsteten wir zum Aufbruch, um damit jeden Zeitdruck von vornherein zu vermeiden. Zur Mittagszeit erreichten wir – bereits mehr als 2000 Meter über dem Meeresspiegel – einen günstigen Lagerplatz unter einer Felswand. Bald köchelte der gute Wein, versetzt mit echtem Rohrzucker, Zimt und Nelken.

Die erste Verköstigung fiel mehr als befriedigend aus. Die Stimmung kletterte langsam, aber stetig in die Höhe, viel höher, als unser Standplatz war. Der Nebel lichtete sich, wenngleich dafür ein persönlicher Glücksnebel in uns aufkam.

Da tauchte aus der Tiefe eine kleine Gruppe auf, bestehend aus einer Bergfreundin und ihrer nagelneuen Eroberung. Das war ein Biathlonike, der bereits einen Ehrfurcht gebietenden Namen aufwies, da er durch Sportsendungen Bekanntheit erlangt hatte. Seine Schnelligkeit und Treffsicherheit mit dem Schießgewehr war schon länger erwiesen und ist es auch heute noch.

Doch an jenem Tag war er unbewaffnet. Er strebte zielsicher und flink an uns vorbei dem nahen Gipfel zu. Schließlich musste er ja seine Gipfeleroberungspflicht erfüllen.

Seine und unsere Freundin folgte ihm aber nicht nach. Sie kannte unsere Kreise schon länger und so gut, dass sie sofort auf uns einschwenkte und den Biathloniken alleine weitereilen ließ.

Wie vom höchsten Balkon der Welt beobachteten wir das Wandern der Sonne, das Ziehen kleiner weißer Wolken, und es ging uns wirklich gut dabei, ohne dass wir einen Gedanken an den Gipfel verloren hatten. Hin und wieder stoben glitzernd im leichten Wind Schneekristalle auf. Der weite Blick zu Tale verlieh sogar ein Gefühl erhabener Abgehobenheit, ohne dass sich Größenwahn in uns ausbreitete.

Aber alles im Leben ist ja bekanntlich Abschied. Und so auch von da oben. Leider war der gesamte Kessel schneller leer, als uns lieb sein konnte. Somit hielt uns nichts mehr fest, und im spätnachmittäglichen Licht sagten wir Servus zu den Bergeshöhen.

Diesmal ging alles glatt vonstatten, und trotz ausgiebigen Glühweinkonsums ließen wir bei der Abfahrt leichtsinnigen Anwandlungen keinen Raum, sondern befleißigten uns der nötigen Vorsicht. Frisch, fromm und fröhlich frei erreichten wir den Ausgangspunkt unserer Exkursion.

Ein kleines Problem holte uns dann doch noch ein. Unser Fahrer war zwar sehr zurückhaltend beim Trinken gewesen, hatte aber einen Fehler begangen: Er hatte den Anorak als Sitzunterlage benutzt und in der Folge offensichtlich seinen Autoschlüssel im grundlosen Pulverschnee versenkt. Unsere Ehefrauen sprachen sich jedoch dieses Mal ganz wider Erwarten vernünftig ab, ohne zu sehr hysterisch zu werden. So traf ein Ersatzschlüssel, wenn auch erst ziemlich viel später, bei uns ein. Wir konnten immerhin die Aufregung dadurch besänftigen, dass ja sonst nichts passiert war.

Zu vermelden gab es jedoch eine Beziehungsänderung: Der Biathlonike musste fortan sein Leben wieder alleine meistern.

Schülertreffen mit Weihnachtsfeier, Mistelzweigen und Druiden

Der Klassenprimus ist in den seltensten Fällen beliebt. Er erweckt oft Eifersucht, aber auch Ängste in den Minderbegabten.

Jedoch nicht nur abgedroschen, sondern auch wahr ist der schöne Spruch: »Die Ausnahme bestätigt die Regel.«

Damals, als wir in die Schule gingen, gab es bei uns noch den Begriff »Flüchtlinge«. Das waren die Leute, die wegen des verdammten Krieges alles verloren hatten und nach der Flucht ganz woanders völlig neu anfangen sollten. Viele meiner Schulkameraden und ihre Eltern mussten dieses Schicksal erleiden.

Ein Bub aus diesem Milieu brachte es zum Gescheitesten in den letzten Klassen unserer Grundschule. Auf eine Art, die uns allen imponierte. Obwohl er fast alles wusste, blieb er bescheiden und hilfsbereit.

Der negativ gemeinte, aller Wahrscheinlichkeit nach in Bayern erfundene Titel »Gscheitmeier« traf bei ihm nicht zu.

Besonders aber bewunderten wir ihn wegen seiner sportlichen Kraft und Ausdauer. Er war der Schnellste, der Stärkste, der beste Fußballspieler, und er sprang am weitesten und am höchsten.

Viele Jahre später – manche Schulkameraden zeigten bereits angegraute Schläfen – traf ich ihn wieder. Aus einem besonderen Anlass. Zu unserem Schülertreffen im Advent samt Weihnachtsfeier war er extra aus England angereist. Wir freuten uns sehr über sein Erscheinen.

Was war aus ihm geworden?

Mit seinen geringen Bildungsvoraussetzungen einer damaligen »Volksschule« mit Klassen um die 60 Schüler, Lehrern, die überwiegend schon etwas verwirrt und behindert daherkamen, und unregelmäßigem Unterricht stieg er im Ausland ziemlich hoch empor. Ich weiß nur noch, dass er es sowohl zum Hochschullehrer als auch zum Ehrendoktorwürdenträger in England gebracht hatte. Und wie schon früher fesselte uns seine umgängliche, unprätentiöse Art.

Während wir ehemaligen Durchschnittsschüler beruflich so vor uns hin dümpelten, war er, der frühere Klassenprimus, bereits in Frankreich verheiratet, hatte fünf ehelich gezeugte Kinder und sprach fließend fünf weitere fremdartige Sprachen. Anscheinend für jedes Kind eine, jeweils zur Erinnerung an einen Meilenstein in seinem Leben.

Und da soll man noch an das alte Sprichwort glauben: »Was Hänschen nicht lernt, lernt Hans nimmermehr!« Schließlich war er dem Alter längst entwachsen, in dem einem alles Neue angeblich locker nur so zufliegt.

Seine Frau aus altem englischen Adel brachte es notgedrungen mit sich, dass London die nächste Station seines Wirkens wurde. Vorher hatte sie im Auftrag ihrer Familie in einem Gourmetrestaurant die französische Küche kennengelernt, um den eigenartigen englischen Speisegewohnheiten zu entkommen.

Unser Schulfreund wusste bereits aus eigener verzehrmäßiger Erfahrung über das Essensangebot seiner Wahlheimat Bescheid: »Es soll nämlich in Großbritannien deshalb schon lange keine Hinrichtungen mehr geben, weil früher die Leute bereits während ihrer Henkersmahlzeit gestorben sind. Zusammensetzung und Zubereitung der beschränkten, eigenartigen Nahrungsauswahl hat sich aber trotzdem insgesamt kaum verändert«, so wusste er zu berichten.

Man merkt hier sehr schnell: Unser schlauer Klassenkamerad war schon stark von der Art und Schnodderigkeit des berühmten schwarzen englischen Humors infiziert. Da verarschen und kritisieren sich die guten Leute auf der Insel gerne selber. Wenn es dabei um das Essen geht, ist das aber auch allerhöchste Zeit geworden.

Mit Germanistik, englischer Geschichte und englischem Brauchtum, Schwerpunkt Weihnachtsbrauchtum, promovierte unser alter Mitschüler glänzend, und seine umfangreiche Doktorarbeit stellt immer noch die Grundlage für einschlägige Recherchen dar.

Unser ernst gemeinter Vorschlag für eine weitere, dringlich notwendige Promotion: »Könntest du vielleicht eine fundierte Arbeit über die Geschichte der Henkersmahlzeiten in Großbritannien und deren katastrophale Auswirkungen verfassen?«

Seine lakonische Antwort: »Da bin ich längst dabei. Mir fehlen nur noch einige Ergebnisse von exhumierten Delinquenten und die exakte Untermauerung der Todesursache anhand der letzten Nahrungsaufnahme vor der geplanten Hinrichtung. Die Beweise verdichten sich aber erheblich, dass zu dieser Zeit fast alle Speisen zur Aromatisierung mit Mistelpulver gewürzt wurden. Erst als die Dezimierung der ja nicht zum Tode verurteilten übrigen Bevölkerung einen bedenklichen Grad erreicht hatte, kam man dahinter, dass Mistelaroma nur noch dezimiert einzusetzen sei.«

Der Brauch, sich an Weihnachten unter einem Mistelzweig zu küssen, regte seine Forschertätigkeit nachhaltig an. Auch in botanischer Sicht befasste er sich ausgiebig mit dem eigenartigen Gewächs. Weit zurück bis in die Welt der Kelten und Germanen, die dieser Parasitenpflanze magische Kräfte zuschrieben, reichten seine überraschenden Funde und Dokumentationen aus einer Welt voller unglaublicher Rätsel.

Schon damals gab es offensichtlich eine hohe Priesterkaste mit verrückten, die Leute beeindruckenden Einfällen. Der berühmte Zaubertrank des Miraculix aus den fantastischen Abenteuern von Asterix und Obelix spricht Bände über die Wirkung der mystischen Pflanze. Da blieb sogar den hochgerüsteten Römern die Spucke weg. Und um mit unserem ehemaligen Schulkameraden und promovierten Wissenschaftler bezüglich aller möglichen Altertrümmer zu sprechen: »So manche kühne, unglaubliche Perspektive aus Comicgeschichten hat sich in der Realität als tatsächlich relevante Möglichkeit bestätigt!«

Anscheinend griffen und greifen die Briten ausgiebig in die reiche Kiste der Überlieferungen, welche die Druiden oder ähnlich eigenartige religiöse Anführer zurückgelassen haben. Diese bauten zwar noch keinerlei Dome oder Wallfahrtskirchen, schleppten aber irgendwie gewaltige Felsmonolithe in einen Kreis mitten auf der grünen Wiese. Dadurch entstand das berühmte Stonehenge, und jeder moderne Wallfahrer, der in der Gegend ist, staunt überrascht ob solcher gewaltiger Kraftanstrengungen.

Selbst heute bohrt man noch nachdenklich an diesem Rätsel herum. Waren die Zeitgenossen arbeitsmäßig nicht ausgelastet oder übermütig? Hat einer der damaligen Götter tatkräftig mitgeholfen, die schweren Brocken zu bewegen? Möglicherweise geschah das alles auch aufgrund eines wirkungsvollen, stark geweihten, heiligen Zaubertrankes der frühen Priesterkollegen.

Diese vormaligen, noch recht heidnischen Religionserfinder und fleißigen Ordensangehörigen einer übersinnlich tätigen Gemeinschaft ernteten das Mistelgewächs mit einer goldenen Sichel, und zwar hauptsächlich um die später eingefügte Weihnachtszeit. Da war es nur noch ein kleinerer Sprung bis in die christliche Mythologie, bis in den gewaltigen

Zauber der gläubigen Erscheinungen anlässlich der Geburt des Erlösers von Erbsünde und vom heidnischen Unglauben.

Jedoch selbst heute glaubt der Brite fest daran, mistelbewaffnet alle bösen Geister, ja sogar Hexen problemlos zur gesegneten Adventszeit zu verjagen. Was bei uns der heilige und beliebte Sankt Florian bewerkstelligt, nämlich eine Feuersbrunst zu vermeiden oder die lodernden Flammen durch seine Jünger in ihre Schranken zu weisen, kann locker die simple Mistel mit ihrer Ausstrahlung angeblich in England genauso gut, oder sogar besser.

Unser ehemaliger Klassenkamerad merkte aber misstrauisch an: »Trotzdem brennt es, statistisch gesehen, bei uns da drüben auf der anderen Seite des Kanals mindestens genauso oft wie in Deutschland.«

Sein kompetentes Wissen über die gesamte englische Geschichte regte uns zu der neugierigen Frage an: »Geht das Verzehren des eigenartigen Plumpuddings oder das kindische, geistig leicht senil wirkende Blindekuhspielen als beliebter Volkssport an Weihnachten auch auf die Druiden zurück?«

Nachdenklich meinte er: »Mit Sicherheit kannten diese Priester ein solches Spiel ohne visuelle Wahrnehmung noch nicht, weil sie mit offenen Augen durchs Leben gingen. Man kann sich schlecht vorstellen, dass sie zwischen den hehren Monolithblöcken mit verbundenen Augen umhergestreift sind. Bezüglich des Plumpuddings sind wir Forscher sehr uneinig. Vor allem ist unklar, ob man damals bereits Kalbsnierenfett für das Rezept verwendete oder ob die süßliche Variante dieser Speisenzubereitung Besitz von den historischen Schleckermäulern ergriffen hatte. Eines steht jedoch fest: Wenn überhaupt, dann konnte nur ganz wenig Mistelextrakt beigemischt werden, um die Vergiftung in Grenzen zu halten. Jeder Druide wusste genau, wie viel er, ohne Magenkrämpfe heraufzubeschwören, vertragen konnte.«

Dann erzählte er uns über seine Frau, die englische Adelige: »Sie ist der festen Überzeugung, dass Heiraten und Küssen unter Mistelgezweig einer Ehe die Garantie der Haltbarkeit, bis dass der Tod daherschleicht, vermittelt. Und das wirkt tatsächlich. Ich bin immer noch recht glücklich verheiratet. Vielleicht auch deswegen, weil wir uns durch meine Forscherarbeit äußerst selten sehen. Insgesamt haben wir uns aber immer nur kurzzeitig aus den Augen verloren und spätestens an Weihnachten unter dem Mistelzweig immer wiedergetroffen.«

Ein weiteres, ungeheuer spannendes Gebiet seiner wissenschaftlichen Tätigkeiten bezog sich auf die Erforschung der klassizistischen, der biedermeiermäßigen sowie der spätromantisch-lyrischen englischen Literatur. Hier deckte er deren höhere Philosophie mit der aktuellen Auswirkung des Geizes auf die kommerzielle Ausbeutung minderbemittelter Bürger und Analphabeten auf. Auch eine versteckt aufkeimende Marktwirtschaft in Verbindung mit der frühen Industrialisierung im United Kingdom entging seinem scharfen Auge keineswegs. Vor allem der berühmte Schriftsteller Charles Dickens bot ihm reichlich Stoff für Überlieferungen aus der neueren englischen Zeit, wo schon die industrielle

Epoche mit ihren negativen Auswirkungen aus ihren Kinderschuhen hervorgekommen war.

Und hier wiederum mischte sich gleich wieder Weihnachten und ehemaliges Brauchtum deutlich in das Spiel hinein. In seiner meistgelesenen Geschichte *A Christmas Carol* geißelte Charles Dickens die Engstirnigkeit, den Geiz und die Ungerechtigkeit dieser Epoche, die aufgrund der wohlhabenden Oberschicht dort schamlos herrschten. Er war sozusagen der erste Kritiker der sozialen Verhältnisse im aufstrebenden Kapitalismus des ungezügelt prosperierenden Königreichs. Gleichzeitig und exemplarisch erfand er zur Strafe für den reichen Ebenezer Scrooge, den Hauptdarsteller und unsympathischen Knauserer, einen unheimlichen Geist mit hinterlistiger, aggressiver Penetranz.

Höchstwahrscheinlich reicht das ungewöhnliche, bedrückende Gespenst sogar auf die Druiden und die Mistelmystigkeit zurück, wie auch die wenig beliebten Geister in den alten, ehrwürdigen englischen Schlössern. Sie stecken oft heimtückisch in alten Rüstungen oder an anderen überraschenden Orten, beispielsweise im offenen Kamin oder gar hervorragend getarnt und verborgen im Klo. Sogar trotz gezielter Austreibung durch gelernte Exorzisten spuken sie immer wieder munter umher. Ihr tatsächlicher Bezug zu Mistel und Druidenheiligen liegt aber vorläufig noch im unerforschten Dunkel der weitläufigen Religionsgeschichte.

Jener dreimal schaurig spukende Geist erscheint also mehrmals bombastisch-unheimlich in der beeindruckenden Abhandlung vom großen englischen

Erzähltalent. Er kommt unvermittelt nächtens und drangsaliert den reichen, aber verstockten Geizknochen Ebenezer so oft, bis er endlich weihnachtliche Gefühle entwickelt und ein guter Mensch wird.

Wie lange das letztlich angehalten hat, wird zur Zeit noch erforscht. Man sucht intensiv nach einer Fortsetzung der Novelle im Nachlass des Dichters. Angeblich soll es nämlich den sparsamen Ebenezer tatsächlich gegeben haben, und jeder wäre gespannt, was aus ihm geworden ist, auch wenn der kühle Rasen längst über ihn Besitz ergriffen hat.

Zurück zu unserer Geschichte und auf den nüchternen, unbestechlichen Boden der Tatsachen: Dass wir sehr stolz auf unseren ehemaligen Mitschüler und geistigen Überflieger waren und sind, ist auch klar. Immer wieder überraschte er mit treffenden, unerwarteten Verhaltensweisen seiner überragenden Persönlichkeit.

Obwohl er eigentlich schon seit der Schulzeit als eingefleischter Vegetarier und reiner Abstinenzler lebte, hatte er doch versehentlich zu fortgeschrittener Stunde und aus Anlass der Feier eine Schweinshaxe verzehrt sowie einen Gewaltigen sitzen, wie man so sagt.

Endlich und abschließend, im Morgengrauen eines neuen Tages, musste geschieden sein. Der lange Abend war heiter, aber wie im Fluge davongeeilt. Wir trugen ihm, dem fleißigen Neu-Engländer – auch wir waren nicht mehr ganz nüchtern – auf, das gesamte »old England« einschließlich des umfangreichen, angegliederten Commonwealth herzlich von uns zu grüßen. Im Nachtrag schärften wir ihm noch besonders eindringlich ein: »Mehrere herzliche Grüße auch an die Königin und ihre Familie!« Und schon war er wieder über den Ärmelkanal in seine geliebte Wahlheimat gebraust.

Da es jedoch das eilige Schwinden der Zeit so mit sich bringt, ist außer der Erinnerung und ein paar Mitschülern von damals, die im Lande verharrt haben, nichts mehr von dieser letzten, eindrucksvollen Begegnung übrig geblieben. Kein weiteres Treffen unter uns Schulkameraden hat jemals mehr stattgefunden. Jedoch diese bestimmte ereignisreiche, einmalige Weihnachtsfeier – die meisten früheren Klassenkollegen lebten damals noch locker nach dem Motto: »Was kostet die Welt!«, auch wenn sie die Alimente kaum bezahlen konnten – bleibt unvergessen.

So mancher bekannte Philosoph wie zum Beispiel Friedrich Nietzsche oder der eher als trauriger Komiker in die Annalen eingegangene Karl Valentin hat schon oft darauf hingewiesen: »Erinnerungen besitzen eine angenehme und eine unangenehme Seite.« Vor allem Letzterer dürfte den absoluten Vogel in Sachen sensible Wahrnehmung kommender Unsicherheiten abgeschossen haben mit seiner einmaligen Aussage: »Die Zukunft war früher auch besser!«

Deshalb halte ich mich am liebsten an die schönen unter den ehemaligen Teilen des Lebens und an eine freundliche, erbauliche Vergangenheit mit Feierlichkeiten und ungewöhnlichen, vergnüglichen Events. Zu denen eindeutig so ein weihnachtliches Klassentreffen der anderen Art zählt.

Immer wieder einmal nehme ich mir vor, nach unserem karrieregesegneten Schulspezi zu forschen. Als anerkannter Wissenschaftler und Experte hat er mit Sicherheit viele weitere, schwere und eindrucksvolle Spuren in Großbritannien hinterlassen. Vielleicht ist er inzwischen gar schon auf dem Weg zum Premierminister.

Am ehesten müsste eigentlich die britische Königin Näheres über ihn wissen. Gestern habe ich ihr eine dringliche E-Mail geschickt. Jetzt warte ich täglich auf positive Antwort und nähere Auskünfte.

Ein liebes Geschenk

Mit meinem Schwiegervater habe ich mich immer sehr gut verstanden. Leider weilt er nicht mehr unter uns. Ihm und auch meiner Schwiegermutter habe ich ja auch meine liebe, gut aussehende Frau zu verdanken, mit der ich immer wieder blendend zurechtkomme.

Er war nicht nur Bewährungshelfer (was ich nie in Anspruch nahm), sondern auch kunstschaffend. Als Dirigent führte er den Kirchenchor zu beachtlichen Höhen und Rundfunkaufnahmen. Noch heute sind die Mitglieder eine eingeschworene, herzlich verbundene Gemeinschaft. Seine Ölgemälde nach impressionistischer Malerei von Degas bis Monet bleiben bis dato in der gesamten Verwandtschaft beliebte Geschenke und schmücken auch unser Heim.

Besonders produktiv wurde er in seiner Töpferwerkstatt. Von christlichen Märtyrern und beschwingten Figurinen über Arrangements sämtlicher Heilblumen erstreckte sich die Bandbreite seines töpferischen Schaffens sogar bis hin zu

Schwarzwälder Kuckucksuhren ohne Kuckuck. Ich habe nie einen Christus am Kreuze gesehen, der so voller Leiden da hing. Ständig überwältigte mich der Eindruck, dass er jeden Moment seine ausgreifenden Arme befreien würde, um herabzusteigen und uns alle zu erlösen. Die Arbeiten meines Schwiegervaters waren so detailliert und filigran, dass er oft nur unter Kombination verschiedener Techniken mit Leim und Farbpinsel die vollendete Form erreichte.

Am Heiligen Abend durfte ich sogar einmal als besondere Ehre im Kreise der Familie das Lukasevangelium mit der Weihnachtsgeschichte vorlesen. Das war eigentlich immer sein Privileg. Anschließend wurde – die gesamte Familie singt und spielt bis heute auf höchstem musikalischem Niveau – das Repertoire aus Weihnachstoratorium und Messias profimäßig interpretiert. Johann Sebastian Bach und Georg Friedrich Händel hätten ihre Freude daran gehabt.

Einen beliebten Höhepunkt erreichten wir mit dem Geschenkeauspacken. Festliche Fortsetzung der Feier brachten Sekt und ein schmackhaftes Würstlsortiment mit Weinsauerkraut.

Einmal wurde mir eine noch größere Ehre zuteil als die bereits erwähnte. Ich durfte mit meinem Schwiegervater in sein Refugium, die Töpferwerkstatt, hinabsteigen. »Du darfst dir ein Stück aussuchen«, verkündete er.

Glücklich über diese Bevorzugung, überlegte ich ziemlich lange meine Wahl. Diese fiel mir nicht leicht bei den vielen tollen Objekten. Schließlich entschied ich mich für eine Skulptur, die nach einem

Apostel, einem Jünger oder vielleicht einer heiligen Frau aussah.

Mein Schwiegervater blickte mich zögernd an. Ich fürchtete, er würde sich ungern von diesem Werk trennen, und hatte ein ungutes Gefühl. »Du kannst es dir ja gerne noch einmal überlegen«, meinte ich einfühlsam.

Da offenbarte er mir: »Das ist das einzige Stück, das nicht von mir ist.«

Weihnachtswunschzettel

Es gab einen Schriftsteller, der hat sein ganzes Leben nur Zettel vollgeschrieben. Daraus entstand dann der umfangreiche Roman *Zettel's Traum.*

Wahrscheinlich begann das alles in seiner Kindheit und in der Adventszeit. Unerfüllte Weihnachtswünsche! Diese können wie der Schmetterlings-Flügelschlag in der Karibik sein, der sich total verstärkt und woanders eine Windhose auslöst.

Also, hier wurde natürlich eine Windhose nur vergleichsweise ausgelöst mit so einem einmaligen, gigantischen Roman aus lauter Zetteln.

Warum die Eltern des Schriftstellers ihn so weit getrieben haben, weiß niemand. Vielleicht hatten seine Wünsche eine Dimension erreicht, die sie bei Erfüllung in den Bankrott getrieben hätte.

In meiner verflossenen Kindheit war das möglicherweise ähnlich, aber nur wegen des Mangels, weil es fast nichts gab. Da sind die meisten Wünsche ins Leere gestoßen. Meine Eltern hätten zu dieser Nachkriegszeit ja bankrotter gar nicht sein können. Vom sogenannten Kopfgeld, das jeder nach der Währungsreform zur Überbrückung in D-Mark erhielt, wurde damals erst einmal das Nötigste an praktischen Sachen erworben. Mein Vater bestimmte kategorisch: »Der Bub bekommt eine Windjacke und seine Schwester erst einmal ein paar feste Schuhe mit Gummisohlen.«

Ich habe die Weihnachtswunschzettel nicht aufgehoben, denn sie wären für einen Roman wahrscheinlich vielleicht ungeeignet, aber auch vor allem für eine spannende Abhandlung zu langweilig gewesen. Immer wieder der gleiche Wunsch, da lässt die Spannung irgendwann nach. Und das liest auch keiner mehr.

Während andere Kinder sich eher eine Eisenbahn oder einen Roller gewünscht haben, wollte ich, dass das Christkind eine Dampfmaschine mit echtem Wasser im Kessel und Aufheizmöglichkeit anliefert. Die gab es in verschiedenen Größen, und man konnte damit Zusatzgeräte, natürlich genauso im Miniformat, antreiben. Das kennt heutzutage kaum mehr jemand, aber damals war das der größte Wunsch echter Technikpioniere und in meinem jugendlichen Verständnis von Materie und Wasserausdehnung als Dampf das Großartigste.

Dieser Wunsch ist aber leider verdampft. Im Nachhinein kann ich sagen: Glücklicherweise ist es nie dazu gekommen, dass meine Eltern diesen Technikwahn unterstützt haben!

Das geschah nämlich nicht nur erstens aus Mangel an Barem, sondern zweitens aus einem verheerenden Grund: Es blieb nämlich kein Einzelfall, dass durch unsachgemäße Wartung solcher Maschinen

Unglücke größeren Ausmaßes entstanden waren. Auch ein kleiner Dampfkessel kann leicht zur Zeitbombe mutieren.

Inzwischen ist ja der gesamte Weihnachtswunschzettel aus der Mode gekommen. Geschenkezeit soll neuerdings nämlich das ganze Jahr sein, wobei für Heiligabend der nicht geringe Restbedarf über E-Mail angekündigt wird. Da haben es die guten Eltern nicht leicht: »Der Junge zieht ja nur noch Markenkleidung an, und die Rechnung für den Handyvertrag wird jeden Monat höher.«

Ein sonst ganz normales Kind aus unserer Bekanntschaft – die Eltern zählen nicht zu den Wohlhabendsten – hat seinem Vater anlässlich der Weihnachtsbescherungserwartung eine Nachricht übers Netz zukommen lassen. Um die darin geäußerten Wünsche zu erfüllen, müsste der gute Mann dreimal so viel verdienen, weil er an seine geschiedene Frau und Mutter des Jungen bereits erheblich viel löhnen muss. Der intelligente Bub schickte aber diese Wunsch-E-Mail auch seiner Mutter zu.

Ob sich die Eltern wenigstens in diesem Fall einigen konnten, ist offen. Auf dem Safer-Internet-Day haben sie jedenfalls festgestellt, dass ihr Sprössling einen Medienscout benötigt. Sie wollen nämlich nicht länger die Gebühren und Strafen begleichen, die der Filius übers Internet verursacht hat.

Da dürfte das Familienglück am Heiligabend eher zu kurz gekommen sein. Frohe Weihnachten!

Hirtenspiel

Das Dorf, in dem ich Teile meiner Kindheit erleben durfte, war früher ziemlich unbedeutend und eigentlich fast am Rande der Zivilisation gelegen. Und dann kam auch noch die sogenannte schlechte Zeit daher. Aber so kurz nach dem Krieg musste ja sowieso alles erst wieder zu einer Normalität finden. Daher kann man ruhig sagen, dass das Hirtenspiel im Advent einen hervorragenden Rang unter den wenigen künstlerischen Ereignissen des Dorfgeschehens einnahm.

Ein pensionierter Hauptlehrer mit prägender Kriegserfahrung hatte die kulturelle Leitung dieses Events übernommen. In den Proben zum christlich-festlichen Hirtenspiel kamen daher Schachzüge und Planspiele eines Generals und Wüstenfuchses namens Rommel ausführlich zur Sprache. Denn der Regisseur und frühere Hauptlehrer war unter anderem auch als Soldat in der unwirtlichen Gegend des nördlichen Afrika unterwegs gewesen. Weil, so wusste er, sich der größte Teil der biblischen Geschichte im ähnlich kargen, sandreichen

Palästina zugetragen hatte, kam er zwischendurch gerne auf seine Wüsteneinsätze zurück. Er blieb aber doch dabei immer im weihnachtlichen Bereich.

Schließlich nahte der Termin des Auftritts schnell heran. Wir waren zwar gut trainiert, aber leider war der Saal im Dorfwirt vereist. Es hatte erst stärker hineingeregnet, dann gefroren, und wir wollten ja nicht mit Schlittschuhen auftreten. Also wichen wir in den Stadel vom Schreckensbauern aus.

Unser Ensemble war zum Schluss ziemlich erweitert worden, denn der Herr Hauptlehrer wollte unbedingt noch einen schweren Chor einfügen. Da griff er auf Giuseppe Verdi zurück. Der Gefangenenchor hatte es ihm angetan, wahrscheinlich in Erinnerung an die eigene Kriegsgefangenschaft. Der Kirchenchor war zwar etwas überfordert, doch das muss man sagen: Dieser Einfall gab dem Spiel eine wirklich kräftige klassisch-kulturelle Note.

Auch sonst hatte unsere Besetzungsliste einen größeren Umfang angenommen. Fünf kleine und größere Hirten, mit Schlapphüten und Haselnussstecken bewaffnet (einer davon durfte ich sein), kamen zum Einsatz, ebenso verschiedene kleinere und größere Mädchen, mit Flügeln und Wattehaar ausgestattet, damit sie glaubhaft wie echte Engel daherkamen. Der weitere Bestand war, soweit ich mich erinnern kann, folgender: mindestens zwei echte und drei ausgestopfte Schafe (die echten Schafe sind zweimal ausgekommen, aber schnell wieder geschnappt worden), zwei Statisten, die den Ochsen und auch den Esel gut verkörperten, da sie mit echten Fellen angetan waren, die Heiligen Drei

Könige und hauptsächlich natürlich Maria und Josef sowie das Jesulein.

Das machte überhaupt keine Probleme von wegen Schreien oder so. Maria und Josef, auch seine echten Eltern, kannten nämlich von früher her die Möglichkeit, Kinder zu beruhigen. Dabei wird der Schnuller, auf bayerisch Diezel genannt, in Honig getaucht und etwas Schnaps darübergetropft. Nicht zu viel, denn das wäre ja schädlich.

Der kleine Xare als Jesulein schlief also während des gesamten Theaters friedlich. Nur ganz zum Schluss brauchte er noch einmal eine kleine Portion. So ein braves Jesulein hat bestimmt nicht jedes Krippenspiel.

Jetzt habe ich noch den Verkündigungsengel vergessen. Der hatte aber nur einen nebensächlichen Auftritt, und die gute Tante Wally, die ihn verkörperte, war leider wieder etwas betrunken. So hatte sie wenigstens keine Probleme, dass man ihren Text auch in der letzten Reihe noch tadellos hören konnte. Wenn auch nur hören, denn mit der Verständlichkeit haperte es ein wenig. Glücklicherweise dauerte der Auftritt nur kurz. Das mit der Klosterfrau-Melissengeist-Flasche wusste aber nur ich.

Als gesamtes Ereignis verlief alles ziemlich planmäßig. Bis auf einen kleinen Patzer, den der heilige Josef extra eingefügt hatte, weil er den Herrn Pfarrer etwas ärgern wollte.

Das Ganze geschah bei der Herbergssuche. Hier unterlief auch vorher schon ein kleiner Zwischenfall. Der Wirt, das war der Oberhuber-Bene, öffnete die Tür. Diese war eigentlich standhaft installiert. Aber der Bene war doch recht kräftig, und seiner Gewalt hielt die alte Waschhaustüre nicht stand. Sie brach zu Boden. Das war nicht weiter schlimm, weil das christliche Ehepaar sowieso nicht hineindurfte.

Aber dann ging es, wie schon angedeutet, gegen den Herrn Pfarrer persönlich, weil der früher dem jetzigen heiligen Josef im Religionsunterricht öfter eine Watsche versetzt hatte.

Der Josef stellte sich zunächst schüchtern: »Kannst du uns bitte schön eine Unterkunft gewähren, guter Wirt? Wir sind minderbemittelt. Wegen dem überstürzten Aufbruch durch die Warnung des Erzengels musste ich meine Schreinerei verlassen. Nun sind wir existenzlose Flüchtlinge. Meine liebe Frau ist hochschwanger.«

Der Oberhuber-Bene als Wirt antwortete: »Da kann doch ich nichts dafür!«

Das ließ sich der heilige Josef aber nicht gefallen und wurde nun aufgebracht: »Ich doch auch nicht!«

Es nützte aber nichts. Sie mussten weiterziehen. Jedenfalls noch bis zur Krippe im provisorischen Stall gleich anschließend. Da war aber der Herr Pfarrer schon recht sauer wegen der Abweichung vom Originaltext und dem unchristlichen Zweifel an der Jungfrauengeburt.

Und schon kamen die Heiligen Drei Könige daher wie echte Scheiche aus dem Morgenland. Sie steigerten das weihnachtliche Ereignis und die Stimmung sehr mit ihrem exotischen Erscheinen. Es gab dann viel Weihrauch, statt Myrrhe Thujenwedel und dazu täuschend echte Goldbarren. Das kleine

Jesulein bekam jedoch nichts von den feinen Gaben mit, weil es wieder selig durchschlief.

Der gesamte kulturell-christliche Erfolg war phänomenal, obwohl später mehrere Erkältungen als Ergebnis des zugigen Stadels eingetroffen waren. Am Applaus wurde mehrere Minuten nicht gespart. Alle ernteten große Anerkennung und anschließend auch ich etwas Lob, obwohl ich nicht sehr bestimmend in die Handlung eingegriffen hatte. Noch dazu gab es hinterher ausreichend Freibier und gute Schmankerlsachen.

Das Hirtenspiel wurde mehrere Jahre hintereinander immer wieder vor Heiligabend wiederholt. Den Gefangenenchor hat man später weggelassen, da der Herr Hauptlehrer dann schon in der Heilanstalt residierte.

Ein tolles Weihnachtspräsent

Immer wenn das Jahr in den letzten Zügen liegt, die Tage so kurz werden, dass man schon am Nachmittag Lichtverstärkung braucht, spitzt sich die Lage zu. Allenthalben dringen froh lockende Lieder aus den Kaufhäusern, und es gibt kaum jemanden, der nicht in eine schwere Zwangslage gerät. Man trifft sich auf Märkten, dort, wo Glühweindampf wabert und heiße Maroni feilgeboten werden. Sind nicht gerade Angehörige mit von der Partie, gibt es nur ein Thema: »Hast du schon alle Geschenke beinand?«

Handelt es sich um eine intakte Männerrunde, dann ist dieses Problem schnell erledigt. »Da pressiert gar nix. Wir habn ja noch zwei Tag' Zeit.«

Während die liebe Frau daheim bereits sämtliche Geschenke für alle infrage kommenden Auserwählten wohlgeordnet, in Goldpapier verpackt und mit kunstvoller Schleife drapiert eingelagert hat, gebe ich mich immer noch der Illusion hin, dass noch massenhaft Zeit vorrätig sei.

Aber kaum hat man sich mit dieser Schutzeinstellung gewappnet, wacht man am 24. mit leeren

Händen auf. Eine grenzenlose Hektik breitet sich aus. Man hastet von Geschäft zu Geschäft, hält sinnlose Dinge in der Hand und legt sie wieder zurück. Panik steigt auf. Ein denkwürdiger Satz, der bereits ein Jahr alt ist, gewinnt an Aktualität: »Dass du mir ja nicht wieder mit so blödsinnigen Geschenken daherkommst wie letztes Jahr. Nicht einmal zum Umtausch wurden sie noch angenommen.«

Der verzweifelte Blick auf die unberechenbare Uhr zeigt: bereits kurz vor zwölf.

Und schon ist wieder einmal Zapfenstreich. Dann kann man nur noch selbst basteln oder improvisieren. Aber das geht meistens schief.

Erinnerungen werden wach. Erinnerungen an nachdrückliche Winke mit dem Zaunpfahl.

Solche Winke können bei jedem harmlos angezettelten Stadtbummel während des gesamten Jahres plötzlich zuschlagen. Wie alle weiblichen Personen verharrt auch meine liebe Frau bei solchen Anlässen am liebsten vor den Auslagen der fein dekorierten Juweliergeschäfte längere Zeit wie angewurzelt.

Heimlich schlendert man dann unauffällig weiter, wird aber umgehend zurückgepfiffen und mit unerschwinglichen Preziosen konfrontiert: »Ein Traum, dieser wundervolle Rubin. So ein leuchtendes Edelsmaragdgrün hat mich immer schon fasziniert.«

Meine Abwehr ist da eher hilflos schwach: »Das ist doch nur die raffinierte Beleuchtung. Ohne Licht sind das ganz normale Steine.«

Wenn man Glück hat, spielt sich diese Szene außerhalb der Geschäftszeit ab. Problematisch wird es aber, wenn man in den Laden hineingedrängt wird. Ein schlaues Verkaufsgenie lässt dann ein edelsteinbesetztes Stück nach dem anderen an den Augen der Begleiterin vorbeidefilieren.

Haben wir noch Sommer, ist mein folgender Trick wirkungsvoll: »Liebling, das bringt mich schon jetzt dazu, über ein tolles Weihnachtsgeschenk nachzudenken.« Und zum Verkaufsgenie gewandt: »Ich bin überwältigt von Ihrer einmaligen Kollektion. Da wird man sprachlos. Ein Wunder an Edelsteinen, Kreolen und all dieses Goldgeschmeide. Wie aus Tausendundeiner Nacht!«

Der Rückzug ist geordnet, man spielt auf Zeit, ist wieder einmal mit einem blauen Auge davongekommen.

Die Vergesslichkeit, auf die man baut, ist aber eher trügerisch. Spätestens in der hohen Adventszeit erwacht mit gezielten andeutungsweisen Bemerkungen die Problematik wieder aufs Neue zum Leben. Noch bleibt in diesem Stadium die Möglichkeit, so zu tun, als ob bereits ein wundervolles Präsent zu Hause lagern würde.

Und schon naht der Heilige Abend unerbittlich. Mein letzter Ausweg aus dieser gesamten Misere ist aber leider der allerverkehrteste. Ich starte den Versuch, das hohe Fest der Liebe mit einem unkonventionellen, augenzwinkernden, lustigen Geschenk zu bereichern.

Eine Auswahl der reichlich vorhandenen Verwandtschaft feiert mit uns das Friedensfest. Der Christbaum prangt im glänzenden Schein der Kerzen. Bei feiner Speis und erlesenem Trank, festlicher

Oratorienmusik und froher Erwartung spitzt sich die Lage zu.

Als es nämlich an die Zeremonie des Geschenkeauspackens geht, ist meine liebe Frau voller Zuversicht. Sie hat leider die Preziosenhandlung nicht vergessen. Noch dazu habe ich ein wundervolles Päckchen geschnürt.

Auch die auserwählte Verwandtschaft nimmt neugierig Anteil am feierlichen Geschehen. Allmählich fällt die letzte, feine Umhüllung und – meine liebe Frau hält ein halbes Pfund echter deutscher Markenbutter in der Hand. Ein eigens kreiertes, wohlgestaltetes Dokument besagt: »Butter ist der Geschmacksträger der guten Küche. Lieben Dank an deine Kochkünste, ohne die ich längst wieder Normalgewicht erreicht hätte. Auch weiß ich doch aus Erfahrung, wie gerne wir zusammen Butterbrezen verzehren.«

Überraschenderweise war mir mit diesem ungewöhnlichen Einfall ein voller Erfolg beschert. Aber leider nur vonseiten der eingeladenen Zeitzeugen.

Die Verwicklungen, die sich anschließend daraus ergaben, bin ich bis heute, so kurz vor Weihnachten, nicht mehr recht losgeworden.

Doch vielleicht haben wenigstens die erfreuten männlichen Protagonisten eine preiswerte Anregung erhalten.

Bethlehem-Rallye

Johann Sebastian Bach muss gewusst haben, wie unentbehrlich sein gewaltiges Oratorium für die hohe Zeit um Christi ehemalige Geburt immer wieder werden würde.

Sämtliche sechs Teile seines Weihnachtsoratoriums haben Hochkonjunktur, kaum dass die erste Kerze am Adventskranz leuchtet. Da werden die Kirchen zu Eventtempeln. Es braust und schallt aus den Gotteshäusern, dass es wirklich eine wahre Pracht ist. Selbst Kulturbanausen, die glauben, wenn sie einmal im Jahr ein Popkonzert besuchen oder den Schneewalzer für eine gelungene Komposition halten, seien sie Experten für das musikalische Œuvre dieser Welt, werden irgendwann mit der Gewalt des Werkes konfrontiert.

Die Tondichtung ist das Maß allen Kulturschaffens in christlicher Hinsicht, auch wenn ihre Aufführung lange Zeit in katholischen Kirchen unerwünscht gewesen war, weil doch der Thomaskantor leider zu den aufmüpfigen Protestanten gerechnet werden muss.

Oft sind es kunstsinnige Ehefrauen, die in mühsamer Pionierarbeit ihre ignorantischen Angetrauten unter dem Christbaum in die Welt der wahren Musik einführen. Da nützen auch deren abwehrende Schutzbehauptungen nichts: »Ich war ja sogar schon beim Jazz in Burghausen! Da brauche ich doch keinen Bach.«

Für die Ausführenden dieser weltbekannten Oratorienkomposition des Genies der Klänge, besonders für die Gesangssolisten, beginnt in den Wochen vor dem Fest eine hektische Zeit. Sie eilen von Tatort zu Tatort, von Kirche zu Kirche. Selbst die kleinste Störung könnte den mühsam ausgetüftelten Zeitplan aus den Fugen bringen.

So kann es passieren, dass bereits der Evangelist seine frohen Worte im Sprechgesang verkündet, während die Solokraft, deren Auftritt als Nächstes erwartet wird, noch mit hängender Zunge dem Kirchenportal zustrebt. Drei Teile Weihnachtsoratorium, gesungen in der heimatlichen Stammkirche, sind kaum verklungen, und schon müssen die nächsten drei am gleichen Abend nur wenig zeitversetzt in 30 Kilometern Entfernung bewältigt werden.

Glücklicherweise wird die Christmette an unterschiedlichen Orten oft zu unterschiedlichen Zeiten zelebriert. Die Belastung der Solointerpreten steigt dadurch allerdings ins Unermessliche. Nicht umsonst spricht man daher in Fachkreisen von der »Bethlehem-Rallye«.

Auch unter den verschiedene Stimmlagen interpretierenden Sängern wird da der Umgangston rauer, gereizter und aggressiver. Das ist ja auch kein

Wunder, bedingt durch die schwere adventsverursachte Belastung.

Der souverän in sich ruhende Bass äußert sich da abfällig: »Dieser Tenor schafft ja die hohen Töne nur dadurch, dass er die Arschbacken entsprechend heftig zusammenkneift.«

Darauf der Tenor zornig: »Stoppt Bassismus!«

Auch der sonore Bariton bleibt nicht außen vor, obwohl er noch am besten wegkommt: »Du bist der Übergang vom Tenor zum Menschen!«

Von anderer Seite hört man den Kommentar: »Jetzt haben sie uns wieder für die Altpartie einen geschlechtlos singenden Countertenor untergejubelt statt der erotischen Sängerin vom letzten Jahr.«

Problematisch sind auch die ehrgeizigen historischen Originalklangversuche. Das beginnt mit dem Einsatz der entsprechenden Instrumente. Da schrummen die Gamben irgendwo im musikalischen Brei kaum hörbar vor sich hin, die Tenorpommer jault plötzlich dazwischen, dass man erschrickt, und das Spinett arbeitet wie eine schlecht geölte Nähmaschine monoton auf vollen Touren. Die Blechbläser, mit original Naturtrompeten bewaffnet, entlocken ihren Instrumenten völlig neue, abenteuerliche Töne, und die Sopranette bringt mit ihrem Tremolo die Kirchenfenster zum Klirren. Sie weiß nämlich nicht, dass sie völlig falsch besetzt ist, weil ihr Vibrato doch eher für schnulzige Operetten geeignet wäre. Wo bleibt da der Unterschied zwischen Sopranisten und Terroristen?

Doch Ende gut, alles gut, allen Sticheleien zum Trotz: Der andauernde, tosende Beifall bringt das überbordende weihnachtliche Glücksgefühl der Zuhörer voll zum Ausdruck. So manche Hände sind nach dem marathonmäßigen Dauerklatschen längerfristig nicht mehr zu verwenden.

Die Solisten werden mit üppigen Blumensträußen bedacht und müssen sich gehäuft immer wieder auf der Bühne präsentieren. Heraus – verbeugen – hinein. Heraus – verbeugen – hinein.

Bravo-Rufe erschallen. Ein gemäßigtes Toben breitet sich aus, soweit das bei einem seriösen, distinguierten und konzerterfahrenen Publikum möglich ist.

Das geht auch noch lange so weiter, obwohl schon viele Kunstfreunde nach und nach, jedoch immer noch heftig applaudierend, vorbeugend den Rückzug antreten, um dem unweigerlich folgenden Stau zuvorzukommen.

Sämtliche Musiker werden mehrmals vom stolzen Dirigenten aufgescheucht, bevor sie sich wieder setzen dürfen. Alle sind sichtlich erfreut, dass die kleinen Abweichungen von der Partitur kaum jemand gemerkt hat und allmählich Ruhe einkehrt.

Nur langsam verebbt die beschriebene Aufwallung der Gefühle.

Eine Kritik auf der Kulturseite der heimischen Zeitung am nächsten Tag überschlägt sich voller Lob: »Originalklang ist doch immer wieder ein Ohrenschmaus für Kenner!«

Doch der Kommentar eines unverbesserlichen Protagonisten klingt befremdend abfällig: »Da bin ich immer noch lieber auf einem Konzert vom Trombone Shorty. Da rührt sich was. Die People sind locker, sogar tanzmäßig. So ein Kirchenkonzert ist eher was für fromme Weicheier.«

Auf den Einfall, dass er vielleicht ein Kulturbanause sein könnte, ist er noch nie gekommen. Das weist er weit von sich, auch wenn seine Anmerkungen von wenig Fachwissen zeugen und gerade der Trombone Shorty und seine Kollegen Johann Sebastian Bach für den größten Komponisten aller Zeiten halten.

Das Zertifikat

Freunde kommen – Freunde gehen. Manche glücklicherweise sogar knapp an der Bekanntschaft mit der Justiz vorbei.

Solche Probleme wie das folgende entstehen oft durch den nicht zu bremsenden Erfindungsgeist einfühlsamer Verliebter – da ist man ja ohnehin nicht mehr zurechnungsfähig – und aus Sparsamkeitsgründen.

Wenn man von Schuld in diesen Fällen überhaupt sprechen kann, so sind gewisse Wünsche und Hinweise von lieben Freundinnen auch nicht immer ganz ohne Einfluss auf das Geschehen gewesen: »Du hast mir noch nie etwas wirklich Wertvolles geschenkt! Natürlich außer deiner Liebe. Aber so ein goldenes Erinnerungsstück an dich wäre für mich schon wichtig. Etwas Schönes fürs ganze Leben.«

Mein guter Freund, von dem ich hier berichte, hat immer ein offenes Ohr für solche berechtigten Wünsche: »Geliebte, warte nur ein Weilchen, wir haben doch in Kürze Weihnachten.«

In der segensreichen Zeit der Freude und des Schenkens tragen ja originelle Einfälle immer wieder zur Bereicherung des wichtigsten Festes der Christenheit bei. Und edler Schmuck spielt da eine tragende Rolle, das weiß der Erfahrene ohnehin.

In Beziehung auf einen schmalen Geldbeutel ist angesichts dieser Tatsache Ideenreichtum gefragt, das weiß er auch. Und außerdem weiß er noch: Es ist nicht immer einfach, einen täuschend echt imitierten Modeschmuck als billiges Machwerk zu enttarnen. Selbst der Fachmann muss da oft erst einige Prüfungen durchführen, um sein Urteil zu untermauern.

Um wie viel leichter ist es da, einer erwartungsvollen Geliebten die beinahe echten Klunker als wertvolle Preziosen zu verehren! Das macht ja auch keinen Unterschied, weil sie es nicht weiß. Besonders wenn ein seriöses Garantiezertifikat beiliegt, in künstlerischem Design auf echtem Büttenpapier gestaltet.

Die so glücklich Beschenkte hat aber nicht bedacht, dass ihr schlauer Verehrer der Gilde Gutenbergs angehört und es ein Leichtes für ihn ist, die entsprechenden Beglaubigungen, auf die teuerste Schmuckhandlung der Stadt bezogen, selbst herzustellen.

Mit leuchtenden Augen bedankt sie sich bei ihrem großzügigen Kavalier. Das Weihnachtsfest wird zum Höhepunkt der aufkeimenden Liebesbeziehung.

Mit eitel Sonnenschein und einem frohen »Happy new year« geht es dann erwartungsvoll in das erste Jahr des wunderbar großen Glückes hinein. »Du bist der erste Mann, der mich ernst nimmt und so einfühlsam sein kann!«

Wie das Schicksal aber leider hin und wieder dramatisch eingreift, macht das Schmuckstück allzu früh schlapp, weil eine Perle aus der Fassung gerät. Das konnte der gute Freund nicht einkalkulieren. Genauso wenig wie den logischen Schritt zur Beschwerdeführung im edlen Schmuckladen. Wozu hat man denn das Echtheitszertifikat mit Garantieversprechen einer renommierten Juwelierhandlung der *upper class*?

Eine geharnischte Reklamation erregt in dem feinen Laden größeres Aufsehen. Die junge Empörte wird diskret in ein Nebengemach gebeten und erst einmal beruhigt. Das dauert seine Zeit.

Aber dann ist selbst der seriöseste Preziosenfachmann ziemlich verblüfft und ungehalten: »Dieses Falsifikat hat niemals unsere Kollektion beleidigt!«

So nach und nach kommt eine deprimierende Wahrheit ans Licht, und das Rückzugsgefecht der bis ins Mark getroffenen Beschämten endet glücklicherweise ohne polizeiliche Ermittlungen. Der erfindungsreiche Freund hatte aber eine sehr schwere, wenn auch nur kurze Epoche zu überwinden. Zeitweise war er kaum ansprechbar, wenn es um Frauen ging.

Für das bereits wieder nahende Fest der Liebe und seine neue Flamme muss er sich da mit Sicherheit etwas Besonderes einfallen lassen. Ich bin schon sehr gespannt, was er aus seiner unergründlichen Trickkiste hervorzaubern wird. Schließlich bleibt er einer der kreativsten Menschen, die ich kenne.

Trotzdem ist er weder vorbestraft noch sonst irgendwie mit den Gesetzen in Konflikt geraten.

Was mir allerdings schon etwas zu denken gibt: Er ist Investmentverkäufer einer renommierten Bank. Angeblich soll er aber selbst die größten Verluste mit seinen »Produkten« eingefahren haben.

Im Ernstfall dürfte er jedoch große Probleme haben, so viele erfahrene, ja abgebrühte Starverteidiger zu rekrutieren wie die Verursacher der Milliardenpleite einer Landesbank. Da wäre bei seinem Vergehen wahrscheinlich mit einem bedenklicheren Ausgang zu rechnen.

Meine Solidarität bleibt aber lebenslang bestehen. Auch wenn ich ihn einmal im Gefängnis besuchen müsste.

Großbäckerei

Eigentlich ist der Hochsommer nicht geeignet, an Weihnachten zu denken. Außer man wird durch unvorhergesehene Umstände daran erinnert.

Findet man nämlich im Juli das sorgfältig versteckte Gebäck, das eigentlich für die hohen Feiertage bestimmt war, ist die Erinnerung sofort wieder da. »Das ist doch das feine Schokoladenbrot, das sind die Mandelplätzchen, das sind die Zimtsterne! Ich hab ja immer gewusst, dass ich viel mehr gebacken hatte.« Die gute Hausfrau steht verzweifelt vor den verschimmelten Schätzen.

Ich erinnere mich, als ob es gerade heute wäre, an die herzliche Tante Wally aus meiner Kindheit. Schon ab Oktober lief da die Backröhre heiß. Mit Bergen von köstlichen Geheimrezeptwaren ging es immer in die Zielgerade der segensreichen Adventszeit Richtung Weihnachten. Erst ganz kurz vor dem Heiligen Abend konnte sie zufrieden sagen: »Es ist vollbracht!«

Mein guter Onkel, der dazugehörige Ehemann, nebst einer Tochter, die bereits als Kind sehr alt war, hatte unter dem Diktat seiner Angetrauten sichtlich zu leiden. Da waren große Mengen von Frust zu bewältigen, was aber dem Onkel nebst der Tochter immer wieder souverän gelang.

Als Reaktion litten die beiden unter einer starken Sucht nach Süßigkeiten.

Dadurch entwickelten sie eine Art Ausgleichssport. Während die fleißige Tante nach meinem Empfinden jedes Jahr einen neuen Weltrekord in der Herstellung von Weihnachtsgebäck aufstellte und auch unglaublich schwer auffindbare Verstecke zum Verbergen der Schätze ausfindig machte, trieb die beiden Angehörigen nur eine Frage um: »Wo sind die leckeren Vorräte diesmal untergebracht?«

Die Eliminierung des Gebäcks konnte zwar mit dessen Entstehung nie ganz Schritt halten, aber es gelang doch immer wieder, eine größere Bresche in die Vorräte zu schlagen.

Ich kann jetzt nicht behaupten, dass ich ein unvoreingenommener Beobachter der Szene war, weil mir auch immer wieder ein größerer Teil der Backwaren zum hohen Fest zuteil wurde.

Trotzdem schien es mir bedenklich, dass der Umfang dieser Tätigkeit meiner Tante Wally jährlich um mindestens zehn bis zwanzig Prozent zunahm und sich dadurch auch die entsprechende Reaktion ihrer Nächsten steigern musste.

Je unauffindbarer die Verstecke meiner Tante wurden, desto pfadfindermäßiger entwickelte sich das Suchverhalten ihrer Lieben. Das wirkte sich allerdings auch auf deren körperliche Gestalt aus. Mann und Tochter mutierten zu monsterartigen

Schwergewichten, während die Tante eher bulimiemäßig entartete.

Gut gemeinte Ratschläge sämtlicher Anverwandter, ihre Vorräte bereits kurz nach deren Entstehung freizugeben und damit das sich von Jahr zu Jahr dramatisch verschärfende Problem zu lösen, schlug sie in den Wind.

Man weiß heute nicht mehr, ob es Traditionsgründe oder Überlieferungen ihrer Vorfahren waren, die zu dieser Art von Begehung der staaden Zeit geführt haben.

Nach ihrem Tod fanden sich unerwartet Berge von Gebäck in einem Wäschekorb, der durch gebrauchte Bekleidung bestens getarnt war.

Die Tor' macht weit

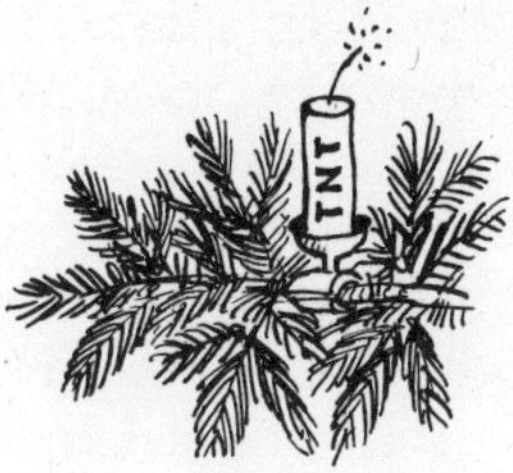

Der Schatz an Weihnachtsliedern, gerade aus dem deutsch-österreichisch-bayerischen Raum, ist unermesslich. Seit der Dorfschullehrer Gruber und der Hilfspfarrer Mohr die stille, heilige Nacht aus der Taufe hoben, wurde das Lied in über 300 Sprachen übersetzt.

Sogar in den USA ist es bekannt geworden. Allerdings als Pophit und nicht mit dem nötigen Nimbus als Hommage an Christi Geburt.

Und weil die Erfinder aus der Salzburger Gegend stammen, ist daraus sogar flugs ein österreichisches Kulturerbe entstanden.

Dieser Bestseller erschallt aber nicht nur aus beinahe sämtlichen Kirchen, wenn die Adventszeit in den Heiligen Abend mündet, sondern schon länger vorher. So manche Kaufhauskette verdankt einen Großteil des Umsatzes diesem wunderbaren Werk.

Aber auch ein anderes, noch älteres Weihnachtslied hat um die hohe Zeit zum Jahresende Hochkonjunktur. Es ist ein Text vom Pfarrer Weissel mit Melodie vom Johann Stobäus.

Auch hier haben sich sogar einmal wieder Protestanten um das christliche Liedgut verdient gemacht. Schon zum Spätherbst erklingt es, lange vor dem ersten Schneefall, aus den Probenräumen der Kirchenchöre.

Seine Sprengkraft wird aber doch etwas unterschätzt, wie sich herausgestellt hat.

Denn auch mein lieber Schwiegervater als gefragter Chordirigent nahm es in das Repertoire für die vielen Auftritte von Dom zu Dom, von Dorfkirche bis zu Wieskirche in sein Repertoire auf. Noch heute kann es passieren, dass zur rechten Zeit der Bayerische Rundfunk mit dieser wohlklingenden Komposition an ihn erinnert.

Doch sein Wirken war keineswegs beschränkt auf kirchliche Räume. In so manchem Seniorenheim spitzten die Insassen besonders stark die Ohren, denn trotz nachlassender Hörkraft war dann die Freude über die adventlichen Klänge groß und der Erfolg der Weihnachtsfeier gesichert. Auch die Patienten von Krankenhäusern schöpften neues Leben und Zuversicht durch die erbaulichen Lieder. Wenn auch keine spektakulären Sofortheilungen dadurch bekannt geworden sind, konnte doch die schnellere Heilung damit angetrieben werden.

So kam mein Schwiegervater auch auf den Einfall, gerade den Ausgegrenzten unserer Gesellschaft Freude zu bereiten. Eine Justizvollzugsanstalt war das Ziel für die Frohbotschaft zur Adventszeit.

Sein Wirkungsbereich kannte da keinerlei Vorurteil, war er doch auch als Bewährungshelfer in diesen Häusern unterwegs gewesen.

Sorgfältig und beziehungsreich wählte er aus dem Fundus der christlichen Werke die passenden Lieder. Auch das berühmte der beiden Schöpfer Weissel und Stobäus. Und es ist überliefert, dass nie zuvor so viele Tränen in den Augen sogar der hartgesottensten Verbrecher geglänzt haben.

Inbrünstig und situationsbezogen erscholl die einfühlsame Komposition mit dem Text: »Macht hoch die Tür, die Tor macht weit«.

Selbst das Wachpersonal, sonst abgebrüht und nicht leicht aus der Fassung zu bringen, konnte nur mühsam die aufwallenden Gefühle beherrschen. Diese Männer mit ihrer schweren Aufgabe, kriminelle Elemente in brauchbare Mitglieder der Gesellschaft zurückzuverwandeln, ahnten glücklicherweise nichts von der Brisanz des akustischen und geistigen Sprengstoffes, den mein Schwiegervater da in die hochgesicherte Haftanstalt trug.

Eine größere Revolte blieb danach zwar zunächst erstaunlicherweise aus.

Doch nicht lange darauf meldeten mehrere mediale Quellen Beunruhigendes: »Ausbruch aus einer Justizanstalt trotz modernster, hochgesicherter Einrichtungen. Zwei Schwerverbrechern gelang die Flucht.«

Die kriminellen Elemente tauchten längere Zeit unter.

Aber kurz vor Weihnachten, als der Auftritt des Kirchenchores erneut bevorstand, waren sie eigenartigerweise wieder hinter Schloss und Riegel.

Es ist nicht bekannt, dass irgendwelche Untaten in dieser ihrer Freizeit von ihnen begangen wurden.

Sollte die eindringliche Botschaft einer Erleuchtung und Läuterung der Menschheit durch weihnachtlichen Gesang auch bei den beiden Schwerverbrechern etwas bewirkt haben? Vielleicht wurden sie sogar bessere Leute mit einer echten Wendung zum Guten?

Obwohl das berühmte Lied mit dem Hochmachen der Tür und Weitmachen der Tore zum Heiligen Abend hin wieder in den Gefängnismauern erklang, sind längere Zeit keine weiteren Ausbrüche gemeldet worden.

Er weiß einfach alles

Der Bub unserer Nachbarn ist noch unter einem Meter hoch. Trotzdem weiß er schon alles. Er spricht auch recht ausführlich und ungeheuer viel. Da gibt es keine Begrenzung der Themen, und seine Weisheit ist allumfassend.

Sprachlich gesehen erfindet er immer wieder interessante Ausdrucksformen. Ob hochdeutsch oder bairisch. Er ist auf dem besten Weg, zweisprachig zu werden. Was dabei herauskommt, wäre bahnbrechend für die Karriere so manchen Komikers oder Kabarettisten. Man glaubt es kaum, wie kreativ seine lockeren Worterfindungen daherkommen.

Als es kürzlich schon stark auf Weihnachten zuging, löcherte er seine Mutter unaufhörlich – wenn auch aus seiner Sicht berechtigt – mit der Frage: »Wann kommt jetzt endlich das Grinskistlein?«

Aus bereits mehrjähriger Erfahrung wusste er, dass die Eltern besonders am Heiligen Abend großzügig die Spendierhosen anhaben.

Mutter und Vater sind bekennende Christen. Daher angedeiht dem Jungen auch eine solide, menschenwürdige Erziehung im Sinne der Evangelien und des Neuen Testaments.

Das Alte Testament ist ihnen aber als Vorbild zu rabiat, weil es da schon ziemlich brutal zugeht.

»Das war zu meiner Zeit, in meiner Jugend«, sagt der Vater. »Da war man direkt unglücklich, wenn es nicht wenigstens einmal in der Woche Prügel gab. Heute haben wir andere, tolerantere Erziehungsmethoden. Die Kinder sind gleichberechtigt, wenn sie nicht zu sehr aus der Art schlagen.«

Der Sprössling hat bereits in jungen Jahren viele Gelegenheiten, Kirchen von innen und lehrreiche Predigten von kompetenten Seelsorgern zu erleben. Er ist auch schon als Ministrant vorgesehen, sobald eine Stelle frei wird. Da freut er sich sehr.

Besonders das mit dem Klingeln bei der Wandlung und die geheimnisvollen Weihrauchschwaden haben es ihm angetan. Er liebt einfach alles Märchenhafte und Fantasievolle.

Auch an der Heiligen Kommunion durfte er kürzlich regen Anteil nehmen. Das war für den munteren Knaben Anlass, diesen Vorgang aus seiner Sicht zu erleben. Immer wieder zerbrach er sich seinen Kopf, was da eigentlich der Herr Pfarrer immer murmelt, wenn es an die Hostienverteilung geht. Anschließend fragte er seine erstaunte Mutter: »Warum soll i den Leib grüaßn?«

Des Rätsels Lösung: Der Geistliche murmelt bei der Verteilung der Hostien immer »Leib Christi«, und der Bub verstand: »Leib, grüaß di«.

Am Heiligen Abend vor der Bescherung war er mit seinem Vater noch unterwegs auf einem Spaziergang, um die Zeit zu überbrücken. Das Ziel war die Burgruine Falkenstein.

Das ist eine verwunschene Stätte mit mehr als tausendjähriger Geschichte. Da muss man nicht viel erzählen, um die Fantasie eines so wachen Knaben anzuregen. Er war vollgesogen wie ein Schwamm mit einschlägigem Wissen.

Schon während der Bescherung plapperte er ununterbrochen vor sich hin. Nur die sehnlichst erhofften Geschenke beruhigten ihn etwas.

Unter dem Christbaum kamen dann sein Redefluss und sein Mitteilungsbedürfnis voll in Fahrt: »Da war dann dieses kaputte Haus, und das heißt Rosine Falkenstein, und da stand ein Schild mit der Verwarnung: ›Vorsicht, ein gebissener Hund!‹«

Besonders beeindruckt hatten ihn der noch gut erhaltene, große Bergfried sowie die ehemaligen, geheimnisvollen Bewohner der Burg aus dem Mittelalter: »Da war auch ein hoher Turm, und der heißt Bergfreund, und da haben früher damals so Ritter mit einer Einrüstung gehaust und sind auf Pferden und Lanzen dahergekommen. Da haben sie sich dann beim Turnbier gegenseitig heruntergestoßen, bis sie auf dem Boden lagen.«

Zweifelsohne kann man dem jungen Mann eine große Karriere vorhersagen. Er ist heute schon so redegewandt, dass mit Sicherheit ein höheres politisches Amt oder eine Berufung als Berater für wichtigste Staatsangelegenheiten auf ihn wartet.

Er muss nur noch lernen, es mit der Wahrheit nicht so genau zu nehmen.

Eine etwas andere Weihnachtslesung

»Bereits im Haushaltsunterricht war das bei mir mit dem Kochen und Backen so eine Sache. Diese Begabung fehlt mir heute noch. Während andere Frauen im Hinblick auf die Adventszeit von Kokosmakronen über Spekulatius bis Vanillekipferl für das Fest tolle Köstlichkeiten kreieren, muss ich diese Tätigkeit immer noch begabteren Kräften überlassen.«

Mit leicht zitternder Stimme gibt die alte Dame ihre Einführung zur Lesung aus ihrem Buch mit Erinnerungen an eine längst vergangene Weihnachtszeit. Bei Dresdner Christstollen und Punsch lauschen wir ihren launigen Worten.

»Damals war ich schon fast verheiratet. Doch es hat nicht sollen sein.

Der Anfang vom Ende war es, als ich meinen Freund zum Festschmaus am Heiligen Abend einlud. Alles war überlegt vorbereitet. Ich hatte sogar ein richtiges Menü zusammengebastelt.

Und der gute Mann war anscheinend überhaupt nicht verwöhnt. Zumindest tat er zunächst seine Zufriedenheit über die Speisenfolge mehrmals kund, wenn auch seine Miene bald erste Veränderungen aufwies.

Anschließend holte ich stolz mein mühsam erarbeitetes Weihnachtsgebäck hervor.

Ich wusste, dass er am liebsten Rotwein zu solchen Süßigkeiten trank. Leider war bereits hier mein Einkauf in die falsche Richtung geraten. Das Getränk hatte einen viel zu lieblichen Charakter, sind ja doch bereits normale Plätzchen mit ausreichend Zucker versehen. So eine Kombination passt überhaupt nicht.

Das war aber das kleinere Problem.

Schon nach der ersten Probe meiner Schokospitzbuben stutzte er und trank eilig sein gesamtes Glas aus. Dann schnappte er angestrengt nach Luft.

Bevor er das Klo gefunden hatte, musste er sich bereits übergeben.

Spätestens dann wurde mir bewusst, dass etwas nicht stimmte. Da musste ich gar nicht mehr auf den Ausruf warten: ›Dieses Zeug ist ja völlig ungenießbar!‹

Ich dachte nach.

Vielleicht hatte ich einige Zutaten durcheinandergebracht. Das steht aber alles griffbereit da, wenn man loslegt. Und ich war mir sicher, dass keine Reinigungschemikalien oder artfremde Sachen darunter gewesen sein konnten.

Lag es am Salz, am Pfeffer, am Zimt, an den Chilischoten? Oder hatte ich etwas anderes verwechselt?

Eines muss man sagen: Das Gebäck sah toll und richtig verführerisch aus.

Ich selber war glücklicherweise nicht in Versuchung gekommen, das Zeug zu kosten.

Nachdem mein Freund umgehend das Weite gesucht und auch gefunden hatte, wollte ich doch wenigstens etwas Gutes mit dem Weihnachtsgebäck unternehmen.

Hinter dem Haus gab es einen Weiher. Ein Karpfen, der fast schon wie ein kleines U-Boot durch die Wellen pflügte und zahm wie ein Haustier geworden war, erfreute mich immer wieder aufs Neue mit seiner Annäherung. Auch mein Freund hatte ihn sehr lieb gewonnen.

Gierig verschlang das gute Tier dieses für ihn seltene Futter.

Am nächsten Tag war er aber leider tot.

Das habe ich meinem Freund nicht mehr erzählen können. Nie mehr hörte ich etwas von ihm.«

Analyse unserer Traditionen einschließlich Kaspar, Melchior und Balthasar

Ob Adventskranz, Christkindlein (das ist der Erlöser im Säuglingsalter als ganz junger Mensch), Christbaum, Nikolaus oder Osterhase: Darüber steht eigentlich zwar nach eingehender Prüfung fast nichts Einschlägiges, Stichhaltiges im Buch der Bücher geschrieben. Trotzdem hat sich eine nachhaltige Überlieferung aufgebaut, die es uns zur Pflicht macht, Achtung, Respekt und Glauben zu verteidigen.

Leider treiben immer noch verblendete, ja sogar gläubige Erwachsene und gestandene Bürger ihren unverantwortlichen, vielleicht auch unbeabsichtigten Schabernack damit, weil sie ungenügend und dürftig, ja laienhaft mit den Bestandteilen unserer Wertvorstellungen umgehen. Außerdem sind sie meistens nicht besonders bewandert, wenn es um die christliche Liturgie und den Glauben an sich geht.

Da kommen sie sehr schnell in die Bredouille, wenn sie überzeugend und annehmbar den Kindern Beweise oder Ähnliches für entsprechende Geschichten eintrichtern sollen. Selbst unmündige Kinder durchschauen nämlich in Windeseile einige dieser Erfindungen bereits im zarten Alter, wenn zum Beispiel der Vater als schlecht verkleideter Nikolaus unbeholfen und mit kaum verstellbarer Stimme durch das Wohnzimmer poltert.

So nicht! Da fliegt doch die ganze, mühsam ausgeklügelte, oft über Jahrhunderte verankerte und vertiefte Sache im Nu auf!

Für die wichtigen Erziehungsmaßnahmen, um so einen Bengel oder eine freche Göre in ihre Schranken zu weisen, wäre eigentlich der Krampus oder wenigstens der Knecht vom Nikolaus, der Ruprecht, zuständig. Aber da hat wieder einmal das Geld nicht gereicht. Und die meisten Nikolausagenturen führen diese wichtigen, unabdingbaren Respektspersonen nicht mehr in ihrem Repertoire.

Das bestätigte mir ein routinierter, bereits jedes Jahr ab August ausgebuchter Nikolausdarsteller. In vorschriftsmäßiger Kostümierung mit einem fast drei Meter langen, goldenen Bischofsstab und einer genauso vergoldeten Mitramütze schleicht er in den letzten Jahren ohne die Begleitung eines Knechts oder Krampus von Haus zu Haus.

»Da passiert es schon hin und wieder, dass man eilig in den nächstbesten Hauseingang flüchten muss, weil mich randalierende, ungläubige Jugendliche veräppeln und verfolgen. Einmal musste ich sogar in Notwehr mit dem heiligen Bischofsstab zuschlagen. Früher hatte ich in dieser Beziehung keine Sorgen. Der Knecht Ruprecht war Profiringer und der Krampus Kickboxer mit Schwarzem Gürtel. Das Problem ergab sich dann eher daraus, auf die Fragen der Polizei eine Begründung zu finden, wieso und woher sich der eine plötzlich ein gebrochenes Nasenbein und ein anderer eine ausgekugelte Schulter zugezogen hatte.«

Besonders viele Halbwüchsige, halsstarrige und unbeugsame Halbstarke, haben leider kaum mehr Zugang zu Kultur und Bildung, geschweige denn zu einer wertvollen Tradition mit ihren einheimischen Mysterien. Wo soll denn die Sorge um eine nachhaltige Erziehung der Folgegenerationen noch hinführen?

Sehr schwierig bleibt es zugegebenermaßen nach wie vor und offensichtlich, für die jungen Zielpersonen die Existenz und die Aufgaben eines Osterhasen überzeugend zu erläutern. Jeder einigermaßen intelligente junge Zeitgenosse weiß eigentlich genau, was so ein Hase nach seiner Verdauung hinlegt. Da kann man noch so geschickt die Wahrheit verschleiern oder mit der immer wertvoller werdenden Überlieferung argumentieren.

Ein fünfjähriger, eher unterdurchschnittlich intelligenter Bub – es handelt sich dabei um einen Verwandten weiteren Grades aus unserer Sippe – bemerkte, triumphierend grinsend, anlässlich der Eiersuche in unserem Garten: »Wieso soll ausgerechnet ein Hase Eier legen? Eine Henne legt doch auch keine Christbaumkugeln oder Gummibärli!«

Seine Eltern waren machtlos. Sie arbeiteten sehr lange an einer vernünftigen Ausrede. Da war der Bub aber schon wieder im Kindergarten und infizierte seine Kolleginnen und Kollegen mit unbotmäßigen, blasphemischen Ansichten, leider irreparabel. Einige verzweifelte traditionsbewusste Eltern konnten nur mit knapper Not davon abgehalten werden, dass man den kleinen Freidenker einer exemplarischen Strafe zuführte.

Ein tröstlicher Lichtblick scheint glücklicherweise mit einem hell grüßenden Strahl am Ende des traurigen Tunnels herein. Es sind die beliebten Heiligen Drei Könige. Da hat man wenigstens einmal einige unumstößliche Beweise sowie nachvollziehbare Tatsachen auf der Hinterhand. Verdientermaßen belegen sie einen festen Platz in der Bibel. Auch wenn sie zunächst nur als Heiden, Magier und astrologische Gaukler beschrieben sind, nimmt die Sinngebung ihres gewichtigen Auftrittes mit sakral bedeutenden Handlungen keineswegs ab.

Obwohl es nur drei Buchstaben plus zwei Pluszeichen sind, die mit geweihter Kreide symbolträchtig an die Türen gemalt werden, überlegt sich fast jeder böse Geist die Konsequenzen. Er weiß genau, was ihm blüht, wenn er leichtsinnig und verstohlen über die Schwelle schleicht. Das Mindeste ist ein Lizenzentzug für seine weitere Berufstätigkeit, sei es als Poltergeist oder Schreckgespenst.

Warum die drei Weisen bewusst heiliggesprochen wurden, erklärt sich aber durch eine verlässliche, theologisch fundierte Aussage: »Wenn jemand mittels höherer Zeichen, in diesem Falle einen weit leuchtenden Stern, der wie ein Navi durch die Wüste gewirkt haben muss, genau zum Stall unseres Erlösers geleitet wird und noch dazu mit teuren Geschenken sowie großer Hochachtung daherkommt, so ist das alleine schon ganz schön viel an Wundergeschehen und sozialer Verantwortung.«

Wer tut das denn schon heute noch für eine bettelarme, unbedeutende Familie? So manch andere Heiliggesprochene drehen sich da vielleicht wegen unverrichteter sinnvoll-karitativer Werke, die ihnen nachfolgen sollten, neidisch im Grabe um.

Ziemlich ungenau ist leider die Verbreitung des diffusen Gerüchtes, dass diese besorgten heiligen drei Kameraden die noch heiligere Familie im Stall vor dem angeblichen Kindermörder und König Herodes gewarnt haben sollen. Ziemlich genau ist nämlich die Tatsache, dass dieser fulminante Herrscher über Judäa bereits zu dieser Zeit zwei Jahre untätig im Grabe weilte, ohne irgendeinen grausamen Schaden in dieser Beziehung anrichten zu können.

Aber dass zwei der Freunde mit christlichen, genauer gesagt bayerischen Namen versehen wurden, lässt ihre Bekehrung zum wahren Glauben unumstößlich deutlich werden. Wo gibt es denn im Morgenlande einen Kaspar oder einen Balthasar, in unserer weiß-blauen Heimat auch Kasperl beziehungsweise Baldi genannt?

Lediglich der Melchior hat höchstwahrscheinlich bei seiner Konvertierung den syrisch-arabisch anmutenden Namen behalten. Anscheinend war er der Hellste von den dreien, weil sein Name im palästinensisch-arabischen Ausland ungefähr so etwas wie Lichtgestalt bedeutet. Außerdem kann man wirklich auch einmal großzügig sein, weil in der überlieferten Liturgie alle unchristlichen Namen keinesfalls immer nur Schall und Rauch sind.

Doch dabei konnte man es nicht bewenden lassen. Wo ein Geheimnis entsteht, muss man ihm rigoros auf den Grund gehen, selbst wenn, oberflächlich betrachtet, das meiste mit rechten Dingen zugegangen sein soll.

Wo ist die ursprüngliche Herkunft der Heiligen Drei Könige, wo sind sie abgeblieben?

Ein entfernter Verwandter von uns – der Vater des unbotmäßigen Kindergartenlümmels, der nicht mehr an das Ostergeheimnis glauben will – reiste unter anderem als Pilger und Wallfahrer im heiligen Lande umher. Mit den niederen Weihen gewappnet und als Religionslehrer ausgerüstet, erhielt er von der theologischen Fakultät einer führenden Hochschule den interessanten Auftrag, die Herkunft der drei früheren Heiden sowie ihre genaue Abgeblienbenheit näher zu ergründen. Die paritätische Erfindung, dass der erste aus Afrika ein schwarzeingefärbter, der zweite eher ein europäischer, blasser Kamerad und der dritte ein Asiate gewesen sein soll, wurde letztlich nie erschöpfend nachgewiesen.

Nebenbei gesagt: Der besagte entfernte Verwandte wurde dadurch immer entfernter von uns verwandt, weil er sich ständig in der gesamten Welt herumgetrieben hatte. Endlich als Pilger und Beauftragter der Kurie wartete auf den Herumtreiber eine sinnvolle, ernsthafte Aufgabe und die daraus resultierende, längst fällige Lösung.

Er trampte teilweise oder fuhr in Cabriolets, auf Lastwagen, ja auch Motorrädern mit, bis Bethlehem für seine Nachforschungen erreicht war. Im untersten Gewölbe der Geburtskirche, das ungefähr auf das zweite Jahrhundert unserer Zeitrechnung zurückgeht, traf er auf armenisch-aramäische

Geistliche. Deren Vorfahren waren angeblich die Männer der ersten Stunde aus dem Beginn des Christentums.

Diese Leute haben zur Dokumentation der neuen Glaubensrichtung kostbare Schriftrollen in einigen Höhlen bei ihrer Niederlassung nahe am Toten Meer versteckt. Wegen der aufschlussreichen Mitteilungen knobelt man heute immer noch am Inhalt herum. Ob diese Vorfahren die Apostel noch gekannt haben, ist umstritten.

Doch zurück in die kürzlich verstrichene Gegenwart. Mit einem riesigen Weihrauchfass ausgerüstet wollten die Katakombenverteidiger den guten Pilger und Beauftragten der theologischen Universität zunächst wieder brutal hinausräuchern.

Dazu eine beziehungsreiche Sache aus unserem abendländischen Raum: So ein Räucherfass existierte früher in Oberbayern auf dem Lande als Schutz vor Stechbremsen bei der Heuernte. Die armen Zugtiere wie Pferd oder Kuh hatten es nämlich nicht leicht mit diesen blutrünstigen Plagegeistern. Deshalb hängte ihnen ein verantwortungsbewusster Bauer so einen qualmenden Kessel um den Hals. Noch heute spricht daher der Kenner über das kirchliche Weihrauchgefäß, ohne gleich als Blasphemiker gebrandmarkt zu werden, als von einem »Bremenkessel«.

Das nur nebenbei. Unser Mann in der untersten Katakombe der Bethlehemer Geburtskirche hatte aber einen langen Atem wie ein Pferd, war abgehärtet und einiges gewöhnt. Irgendwann konnten die verstockten Priester daher seinen wiederholten

Fragen auf Armenisch-Aramäisch, einer seiner fließenden Fremdsprachen, die er an der Volkshochschule gelernt hatte, nicht mehr ausweichen: »Was wisst ihr über Melchior? Wo kam er her? Kennt ihr die beiden anderen, Kaspar und Balthasar? Was hat man euch darüber überliefert?«

Ein Treffen in Jerusalem als heutiger sowohl als auch historischer Hauptstadt der ganzen Geschichte wurde vereinbart. In ihrer schwarzen, bodenlangen Gewandung und mit den gewaltigen, dunkelgeheimnisvollen Vollbärten erregten die morgenländischen Geistlichen bei den vielen Touristen in Badekleidung einiges Aufsehen. Noch dazu trugen auch ihre Kopfbedeckungen zu ihrem religiösen Auftritt bei, die wie abgeschnittene Ofenrohre symbolisch zum Himmel ragten.

Dann kam man umgehend nach mehreren Aperitifs zur Sache an sich. Es stellte sich überzeugend und nach telefonischer Rückfrage heraus, dass sogar einige Reliquien der Gesuchten nach schwierigen Irrfahrten im Dom zu Köln ihre Ruhestätte gefunden haben.

Die gute Mutter von dem berühmten Kaiser Konstantin, auch eine Heilige, hatte zunächst die Gebeine in Palästina bei den Heiden geklaut, um sie für die Christenheit zu retten. Später tauchten sie in Mailand im Glockenturm wieder auf, bis sie endlich, beinahe könnte man sagen aufatmend, Köln erreicht hatten.

Dort kann man vor ihnen in Andacht und Kontemplation verweilen. Das bietet sich besonders am heiligen Dreikönigstage an.

Damit war aber noch lange nicht alles aufgeklärt. Deshalb bemühen sich zurzeit im Auftrag sowohl der Erzdiözese Köln als auch des Bischofs von Mailand die Fachleute eines führenden pathologischen Instituts mit Kernspin- und Röntgenanalyse, um nähere Daten zu den heiligen Knochen zu erlangen.

Schließlich geht man immer mehr dazu über, die christlichen Tatsachen nicht nur zu überprüfen, sondern auch zu beweisen. Dieser Trend geht etwas zurück auf das Gilgamesch-Epos und die Dokumentation *Und die Bibel hat doch recht. Forscher beweisen die Wahrheit des Alten Testaments.*

So soll auch das Rätsel um die Heiligen Drei Könige rückhaltlos aufgelöst werden. Anhand der Beingewebestruktur wird endlich genau herausgefunden, wie groß die drei Heiligen waren, woher sie kamen und warum sie so und nicht anders gehandelt haben.

Engelforschung

So ziemlich über Nacht, und zwar 1911, wurde das Melodrama um den Dienstmann vom Münchner Hauptbahnhof Alois Hingerl bayernweit aufgedeckt und bekannt. Dokumentiert hat es der überregional berühmte Schriftsteller Ludwig Thoma.

Er musste dafür sogar mit einer Geldstrafe büßen. Es passte nämlich den Regierenden damals überhaupt nicht, dass ihre geistige Inkompetenz dabei erwähnt wurde.

Aller Wahrscheinlichkeit nach war der fleißige Eisenbahnangestellte Hingerl knapp vor seinem Tod völlig überlastet und gestresst. So kam es unausweichlich dramatisch, wie es kommen musste: Herzversagen! Dadurch ist er eventuell mit den schweren Koffern auch noch ausgerutscht und aufgeschlagen.

Es kann also höchstwahrscheinlich nur zu einer Hauptreisezeit, und zwar im Winter, gewesen sein. Was liegt da näher als Weihnachten?

Aber nicht nur so ein schweres Schicksal, noch kurz vor dem Heiligen Abend vom Schlag getroffen zu werden, hat den guten Mann heimgesucht.

Leider nein! Sein Leidensweg nahm dann erst so richtig seinen Lauf.

Nach dem Herzinfarkt verschleppten den Alois Hingerl zwei Engel in den Himmel. Wer waren diese zur Entführung gesandten Mittlerwesen?

Sein Schutzengel scheidet aus. Der hat höchstwahrscheinlich geschlafen und ist in dieser prekären Angelegenheit viel zu spät aufgewacht. Da wird eine Abmahnung vonseiten der vorgesetzten Oberengelleitung nicht ausgeblieben sein.

Und dabei heißt es, zwei Drittel aller Deutschen sollen angeblich an ihn glauben. Sogar ein eigenes Schutzengelmuseum gibt es. Das dient der Unterstützung und Vertiefung sowie Dokumentation aller geleisteten Dienste der Schutzengelgilde mit entsprechenden Wunderbeweisen, Votivtafelkopien und Urkunden.

Nach Einsatzversäumnissen sucht man in der Auflistung vergeblich.

Auch bei einem unmittelbaren Ableben von rüpelhaften, böswillig grätschenden Fußballern, die nicht ins Jenseits, sondern sofort ins Abseits verschwinden, hat ihre Zuständigkeit Grenzen.

Möglicherweise handelte es sich bei den Kidnappern von Hingerl um Rauschgoldengel, welche sich zur Weihnachtszeit besonders aktiv gebärden und schon vor Adventsbeginn erwartungsvoll und aufgeregt wie verwirrte Schmetterlinge umherflattern. Zur Begleitung von Sündern in den Vorhof der Hölle, geschweige denn in den Hades selbst, sind sie nicht geeignet, weil ihre metalligen Flügel dabei zu heiß werden. Selbstredend verweigern sie deswegen auch die Begleitung von geringfügig sündigen Delinquenten ins Fegefeuer.

Aber nun umgehend ohne weitere Umschweife zurück zur weiteren himmlischen Karriere des Münchner Dienstmannes.

Zu Hingerls Leidwesen verdonnerte ihn Petrus der Fels, zuständiger Machthaber für die Arbeitseinteilung von Eingetroffenen, auf unabsehbar dauernde Zwangsarbeit. Seine beschränkte Wirkungsstätte: eine Wolke.

Das Manna als himmlische Speise brachte Hingerl auch nicht gerade in Hochstimmung, wenn man die brutal deftige, nahrhafte bayerische Küche gewohnt ist. Schließlich war seine barocke Figur nicht in Diätperioden oder Fastenheilanstalten entstanden.

Dazu sollte der gute Mann, mit einer Leier ausgerüstet, kontinuierlich Hosianna singen, obwohl er nicht einmal Noten kannte.

Verständlicherweise war da ein langsam aufsteigender Groll nicht zu verhindern, nachdem ihm auch noch Bier und Schnupftabak verweigert wurden.

Er verwickelte sich zwischendurch in Handgreiflichkeiten mit einem Engel, der auf Erden zu seiner verhassten Konkurrenz zählte. »Wieso ist dieser Penner auch hier?«, plärrte er in das unendliche Universum hinaus.

Anschließend brachte ihn zusätzlich ein vergeistigt-vertrottelter Engel im Vorbeiflug total aus der Fassung. Hingerl schrie ihm ein herabwürdigendes bayerisches Grußwort hinterher: »Engel, boaniger!«

Hier ist der Übersetzer machtlos. Nur ein echter Bayer wird sich damit zurechtfinden.

Den Engel dürfte der himmlische Dienstmann damit trotzdem schwer getroffen haben, obwohl Ersterer vielleicht aus Norddeutschland eingeflogen kam und den Bedeutungsgehalt der Aussage nicht exakt entschlüsseln konnte.

Was Hingerl nicht wusste: Es handelte sich um einen Kontrollengel aus der oberen Befehlsetage. Das Schimpfen und Fluchen des frustrierten Sängers blieb alsbald nämlich beim himmlischen Abhördienst nicht unbemerkt.

Hier musste umgehend gehandelt werden, um die fest gefügte Ordentlichkeit zu bewahren.

Im höchsten Gremium entstand dann als Ausweg ein weiser Entschluss, der seinesgleichen lange gesucht hatte.

Zum Botschafterengel ernannt, sollte Hingerl der bayerischen Staatsregierung göttliche Ratschläge übermitteln. Denn auch im Himmel bleibt ein notorischer Dilettantismus nicht auf lange Sicht oder gar ewig verborgen.

Wieder auf Erden angekommen, sitzt er aber bis heute noch immer unauffällig im Hofbräuhaus und trinkt Bier.

Bisher wurde er weder zur Rede gestellt noch entdeckt.

Es ist also überhaupt kein Wunder, dass die bayerische Staatsregierung ständig kopflos und ohne göttliche Eingebungen weiterwursteln muss. Die träge Mehrheit seitens der Bewohner merkt das aber sowieso kaum.

Was auffällig ist und nachdenklich stimmt: Der himmlische Hofstaat hat den ehemaligen Dienstmann tragischerweise offensichtlich total vergessen.

Keineswegs vergessen sein dürfte jedoch Josef, der fliegende Mönch von Osimo. Schon vor seiner Verwandlung in einen Engel sprengte seine diesbezügliche, ungewöhnliche Begabung jede Grenze.

Er konnte zwar keine größeren Rundflüge bewältigen, suchte jedoch als Senkrechtstarter weit und breit seinesgleichen.

In etwa 12,5 Metern Höhe hielt er sich zum Pläsier seiner Sprengelschafe problemlos eine Predigt lang locker in der Luft.

Das erregte verständlicherweise den Neid seiner Vorgesetzten. Bischof, Kardinal, ja sogar der Papst übten sich heimlich mit großer Ausdauer, aber leider vergeblich in dieser Technik. Zorn brannte in ihnen auf. Sie verbannten den unbotmäßigen Flieger in eine ungeräumige Zelle, worin der Aufstieg traurig enden musste.

Mit schwerster Gehirnerschütterung mutierte er kurz darauf gerechterweise zum Engel. Als besondere Auszeichnung wurde ihm später ein weithin leuchtender Heiligenschein verliehen. Aufgrund der vielen Zeitzeugen und damit der erstaunliche Zweck die Mittel heiligen konnte, ernannte nämlich ein späterer Kirchenoberster den tapferen Pionier zum Schutzpatron der Flieger.

Und das ist er immer noch.

Dazu befragt, eröffnete mir Thaddäus Beindl, ein kompetenter Theologiefachmann und Kenner der Zusammensetzung eines kleinen Teils aller Engelheerscharen und Wächter am höchsten Thron:

»Die Sache ist weit komplizierter, als so ein einfältiger Dienstmann oder ein unbotmäßiger kleiner Mönch es sich überhaupt vorstellen kann. Das waren zwar sicher Leute, die anscheinend einiges gut gemeint und sogar gut bewerkstelligt hatten, vom Kofferschleppen bis zum Schaufliegen für die Mission. Doch darüber hinaus blieb ihr Horizont im unteren Bereich. Dadurch ist auch ihre später erfolgte Engelbeförderung nicht sehr weit gediehen.«

Seit geraumer Zeit gebe es zwar eine Planstelle für Engelforschung an der Fakultät für Katholische Theologie. Man sei aber erst ganz am rätselhaften Anfang einer Lösung dieses gewaltigen, erdrückenden Komplexes. »Leicht wird das nicht. Eher sogar sehr schwer.«

Doch im Rückgriff auf die biblische Geschichte müsse hier ganz klar der Beginn aller zielführenden Recherchen bei Adam und Eva angreifen. Noch weiter zurück irre man ja sowieso eher hilflos in unbewältigten Abgründen der Geschichte umher.

Hatte der Neandertaler schon eine Seele? War der Homo erectus noch als Affe einzuordnen?

Ist der moderne Mensch wirklich nur ein Trockennasenaffe oder bereits als höherstehendes Tier, sogar mit einer mehr oder weniger reinen Seele, einzuordnen? Von einem Verstand einmal ganz zu schweigen?

Das nützt aber alles nichts. Es muss weitergehen, wohin auch immer.

Wie man heute sicher weiß, war die Schlange mit dem verführerischen Obst ein gefallener Engel, inzwischen auch Luzifer genannt. Dieser hatte viele Fans. Sie schlossen sich ihm an, schlugen Krawall, und so kam das Böse zu uns in die gesamte Welt.

Der einfältige Adam hat erst später gespannt, was da läuft.

Vor allem jeder unbedarfte, bornierte Geschlechtsrassist gibt sofort der verführerischen Eva die Schuld. Dabei wollte sie schlauerweise nur vitaminreiches Obst an Adam verfüttern.

Aber gerade auch Adam himself hat uns durch seine unüberlegte Nachlässigkeit die schwerwiegende Bürde der Erbsünde eingebrockt. Immer deutlicher machte sich die anschließende Bescherung unangenehm bemerkbar.

Dabei blieb es auch wieder nicht. Der aufsässige Luzifer intrigierte weiter aus voller Brust mit bösartigen Mitteln wie Frauenpower, Glaubenskrieg, Christopher Street Day, Ehekampf, Plagiatsdiebstahl, Politikerverleumdung, Geldwaschanlage, Bankerbeschimpfung, mit dazu passenden Notlügen und anderen Raufhändeln.

Sein Deckname ist unter anderem auch Teufel. Er schleicht anonym durch die Gegend, soll sich manchmal Hörner zugelegt haben, bocksfüßig daherkommen und mit Ruß hantieren, um Dunkelheit zu erzeugen.

Selbst exorzistische, tief greifende, durch das gesamte Mittelalter erprobte Rezepte prallen an seiner hinterlistigen Durchtriebenheit neuerdings wirkungslos ab. Sogar erfahrene, eingefleischte, gut trainierte Wallfahrer und Fürbitter sind machtlos gegen seine Schliche.

Uneinig ist man sich in der Frage, ob es sich um einen ehemaligen Cherub oder eher um einen Seraph handelt.

Eines steht fest: Seine Bedeutung und Macht überragt viele der kleinen Duodez-Engelfürsten unter den himmlischen Heerscharen.

Er müsste eigentlich längst von einigen linientreuen Erzengeln angegriffen werden. Warum bleibt da Gabriel, der Straf- und Todesengel, der nach der Überlieferung ganz aus Feuer besteht, untätig und räuchert ihn nicht aus?

»Anzunehmen ist, dass zumindest dieser Gabriel auf eine noch dringlichere Aufgabe warten musste. Das kann nur das Geschehen um die Heilsbotschaft der Erlösung aus unserem Übel und der vermaledeiten Erbsünde sein.«

Mein Gewährsmann, der Theologe, kommt immer stärker in Rage, als er mir diese Zusammenhänge erklärt. In verständlichem Übereifer entfleucht ihm sogar ein kleiner Fluch. Später beruhigt er sich etwas, weil er merkt, dass es nichts hilft, so vehement zu lamentieren.

Aber nun weiter in der Heilsgeschichte!

Heute weiß ja jeder, welchen Text der Gabriel wegen der Verkündigung und Prophezeiung zur Vorbereitung auf die Geburt Jesu und der später folgenden Weihnachtsgeschichte gesprochen hat. Hier soll er noch einmal in Erinnerung gerufen werden.

»Ich grüße dich, Maria«, sprach der Erzengel zu Maria unumwunden. Er war in Begleitung des Heiligen Geistes als Geheimnisträger.

Dieser führte offensichtlich etwas im Schilde. Der Erzengel ließ ihn auftragsgemäß gewähren.

Es war eben jener Gabriel mit dem »Englischen Gruß«.

Wenn jetzt der Unkundige diese Anrede irgendwie mit London und der Queen in Verbindung bringt, so ist er total auf dem Holzweg. Es geht einzig und allein um die gesamte abendländisch-christliche Tradition, ob mit oder ohne England. Damit bleibt die anglikanische Kirche selbstverständlich keineswegs außen vor.

Denn auch ihre Vertreter wissen um die Macht der Ankündigung des einmaligen Ereignisses sehr gut Bescheid. Als approbierte Kenner der Materie haben sie genaueste Kenntnis über die gebenedeite, mündlich vorgebrachte Mitteilung des Beauftragten.

Schließlich ist es ein Engländer, der Tiefschürfendes über den Status und die Bewegungsaufgabe von Erzengeln beobachtet und niedergeschrieben hat. Er hieß William Shakespeare und sagte:

»Sie kommen noch immer durch den aufgebrochenen Himmel, die friedlichen Schwingen ausgebreitet, und ihre himmlische Musik schwebt über der ganzen, müden Welt.«

Das mit dem Wissen um solche Erkenntnisse trifft sowieso auch auf evangelische, koptische oder aramäische Geistliche zu.

Leider haben Mohammedaner, Buddhisten, Hinduisten sowie zahllose andere brave Sektenangehörige und Naturreligionsmenschen hier keinen Zugang. Der Missionsgedanke dürfte da ein wenig versagt haben.

Aber nun schnell zurück zur Frohbotschaft. Es ist zwar schon ziemlich lange her, jedoch unvergessen.

Denn damit begann bereits neun Monate später, wie im menschlichen Zyklus auch, dank dem Heiligen Geist, überhaupt die Möglichkeit für uns, Weihnachten zu feiern. Der Heilige Geist hatte sich schlau und unauffällig zu dieser Aufgabe als weiße Taube verkleidet gehabt und war über Maria gekommen.

»Alle Jahre wieder kommt das Christuskind«, so schallt es seitdem zur hohen Zeit durch den gesamten Advent aus den Kirchenhäusern ohne Zahl den Erwartungsvollen entgegen.

Es war Gabriel, der prominenteste unter den Gottesboten, der damals mit dieser folgenreichen Aufgabe nicht ohne Grund betraut wurde.

Die These, wie sie von einigen konfessionslosen Psychiatern zu dieser Begebenheit vertreten wird, lässt sich bis dato durch nichts beweisen. Sie beharren nämlich darauf, unter allen anderen Erzengeln wäre als unerwünschte Nebenerscheinung eine gewaltige Eifersucht ausgebrochen.

Dabei weiß doch jeder theologiekundige Fachmann, dass insbesondere unser Erzengel Gabriel immer schon der begabteste Zögling in puncto Liturgie und Linientreue war. Auch seine Fähigkeit, nicht nur unter den Heiden aufzuräumen, sondern auch sonst Gutes zu tun, ist unbestritten. Vor himmlischer Kraft strotzend fliegt er aufmerksam durch den Äther und schaut, was er alles anrichten könnte.

Alle anderen sechs Wächter am Thron des Höchsten sind zudem weit weniger bekannt.

Eine Ausnahme wäre da vielleicht noch Raphael, weil viele namhafte Künstler seine Gestalt bleibend abgebildet und verewigt haben. Das geschah zwar nicht mit einer konkreten Modellsitzung, ist aber jeweils aus dem Gedächtnis frappierend echt getroffen.

Leonardo da Vinci, Rembrandt oder Rubens, aber auch zahllose andere fleißig-fromme Künstler erstellten ziemlich genaue Abbildungen aller eminent wichtigen Stationen von glaubensbezogenen Vorgängen mit Erz-, Schutz-, Rauschgold- und anderen Engeln.

So weiß man heute überhaupt erst, wie diese guten Engel ausgesehen haben. Ein Seraph zum Beispiel hatte sechs Flügel, dazu aber ganz normal ein Gesicht, Hände und Füße.

Der Zweck dieser Flügel ist auch äußerst interessant. Dazu heißt es in der Bibel aufschlussreich: »Mit zwei Flügeln bedeckte er sein Gesicht, mit zwei weiteren bedeckte er seine Füße, und erst mit den letzten beiden flog er.« Wohin auch immer, wenn er doch nichts gesehen hat. Er muss ein sehr guter Navigator gewesen sein.

Diese prominente Seite und technisch-praktische Ausrüstung dürfte ganz bestimmt auch noch auf Michael zutreffen.

Doch dann steht es gar nicht gut um den Rest der vier weiteren Cherubim. Oder sind es Seraphim?

Wer vernahm schon einmal in seinem Leben von den sicher durchaus verdienten und hilfsbereiten Taten eines Uriel?

Noch seltener dürfte überhaupt die Existenz der Kollegen wie Jophiel, Zadkiel oder gar Camael geläufig sein.

Es wäre überhaupt einmal höchste Zeit, die gesamten geflügelten Mittlerwesen der göttlichen Exekutivgewalt den vielen rein oberflächlich dahindämmernden, uninteressierten Schafen einleuchtend und intensiv näherzubringen.

Manche Engel gebärden sich fledermausähnlich, haben starke Ultraschallwellen dabei, andere wiederum setzen sich aus Tier und Mensch zusammen. Da besteht der Kopf aus Löwe oder Adler, manchmal Reptil.

Ausnahmslos sind alle mit Flügelantrieb ausgerüstet. Düsenantrieb scheint bei den Konstrukteuren keine Verwendung gefunden zu haben. Trotzdem beträgt die erreichte Stundenkilometerzahl mehr als Lichtgeschwindigkeit.

Ein Schwerpunkt zur Verbesserung des Bekanntheitsgrades dieser wichtigen Machthaber ist bisher im Religionsunterricht versäumt worden. Auch der Unterschied zwischen Engeln und Heiligen findet viel zu wenig Aufmerksamkeit.

Im Gegensatz dazu wurden leider völlig unwichtige kleine Engel, von denen keiner weiß, ob Bub oder Mädel, durch die gesamte Barock- und Rokokoperiode in entsprechenden Kirchen groß herausgestellt. Als sogenannte Putten wuseln sie geschäftig um Altäre, Seitenschiffe und Innenkuppeln.

Wie so mächtiger und einmaliger sind doch die berühmten, unverwüstlichen Erzkämpfer aus der christlichen Liturgie. Sie sind die wahren Vertrauten des Himmels.

Könnte es sein, dass zwei dieser unbekannteren Erzengel damals, 1911, den Dienstmann Alois Hingerl nach seinem Herzinfarkt in den Himmel verschleppt haben?

Wenn ja, warum oder wieso haben sie ihn bis zum heutigen Datum im Hofbräuhaus weder enttarnt noch entdeckt?

Oder ist auch hier schon wiederum der gefallene Engel namens Luzifer dabei, die gesamte Aufklärung von unerklärlichen Vorgängen und Vernebelungen zu verschleiern?

Übersee und Weihnacht

Meine Verwandten in Amerika sind bis auf einen Cousin väterlicherseits leider schon recht zusammengeschrumpft.

Er ist vor geraumer Zeit im Alter von 16 Jahren in die sogenannte Neue Welt ausgezogen. Nicht um das Fürchten vor der unbändigen Kraft der amerikanischen Waffenbrüder zu lernen, sondern um Karriere zu machen. Und zwar in Bakersfield near Hollywood.

Weil er nicht der schlechteste gelernte Maßschneider war, trug so mancher Star aus der Glamourwelt einen teuren Anzug aus seiner Handproduktion. Der unumstößliche Beweis dafür zeigt sich im einen oder anderen Filmstreifen made in Hollywood.

Seine Eltern waren schon früher über den großen Teich geschippert und ließen sich in Los Angeles nieder, das auch nicht weit von der Filmtraumfabrik weg ist. Onkel Ludwig erreichte schnell zuerst als Hausmeister, dann als unentbehrlicher Berater und Tausendsassa in einer Prachtvilla den Höhepunkt seiner Laufbahn. Sogar als Schwimmlehrer am umfangreichen Pool eines prominenten Schauspielers agierte der sportliche Bayer.

Während er sich schnell akklimatisierte und assimilierte, lamentierte die gute Tante mit einiger Berechtigung und leider fast nicht druckreif: »Mich leckst am Orsch, die Sauhitz derpack i nimmer lang.«

Los Angeles liegt in einer Senke, die vor allem im kaum enden wollenden Sommer mit viel Smog und nervender Hitze gesegnet ist. Sogar ein Palmensterben entstand damals in der Großstadt. Fast alle imposanten Bäume ließen ihre Wedel hängen und verabschiedeten sich nach und nach. Die findigen Eingeborenen lösten das Problem umgehend mit Plastikimitaten.

Am schwersten ertrug die Tante es in der Fremde, wenn der Advent nahte. Schon vom Klima her.

Freuen sich die Christen bei uns mit Glühweinorgien, heißen Maronen, »Gloria in excelsis« und schneebedeckten Straßen auf das Christkind, kann der echte Amerikaner wenig mit der gnadenbringenden Periode zur Geburt Christi anfangen. Das beginnt mit dem Adventskranz, der fast immer fehlt, und geht weiter bis zum Höhepunkt, der häufig keiner ist, dem Heiligen Abend.

Sankt Nikolaus ist zwar kein Unbekannter. Als Santa Claus schreitet er gravitätisch mit einem Sack voller Werbeflyer durch Supermärkte und verteilt sie, damit der Umsatz steigt. Am stärksten aber brilliert in der Adventszeit Rentier Rudolph mit Kollegen, direkt eingetroffen vom Nordpol, als Ulknudel.

Es läuft alles ziemlich partymäßig ab, und anscheinend bleibt der wichtigste Feiertag der USA eher ein eigenartiger, nämlich der »Thanksgiving«. Durch das viele Truthahnessen, das diesen Event auszeichnet, ist es fast gelungen, einen imposanten Vogel in freier Wildbahn beinahe gänzlich auszurotten. Zum Ausgleich werden mit natürlicher Unzucht jedes Jahr Millionen Truthähne in Massenställen erzeugt.

Dann beginnt das große Fressen.

Sogar ein vor nicht allzu langer Zeit amtierender Präsident der Vereinigten Staaten brachte seinen Soldaten im Ausland zur Aufmunterung einen gebratenen Puterich.

»Auch wenn ich einen zweifelhaften Krieg vom Zaun gebrochen habe, soll es den Soldaten am ›Thanksgiving‹ fern der Heimat an nichts fehlen.« Das könnten dazu die sinnvollen Worte des Präsidenten zum Festschmaus gewesen sein.

Diese überlieferte Tradition aus noch nicht allzu grauer Vorzeit geht auf die Pioniere zurück, die in Amerika einst wie die Hunnen eingefallen sind. Damals war der Truthahn eine willkommene Abwechslung auf dem kargen Speiseplan.

Meiner Tante ist es schließlich gelungen, samt ihrem Angetrauten und abgekämpft, wieder zurück in der Heimat einzutreffen. Und zwar bleibend.

An einem grauen Novembertag, das Laub fiel schlapp von den Bäumen, und es schneite etwas, erreichte sie in der frohen Weihnachtszeit die oberbayerische Voralpenlandschaft.

Glücklicher kann man sich einen Menschen kaum vorstellen als die gute Frau am nächsten Tag, da sie den Wendelstein am nahen Horizont erblickte. Es war, als ob der sich soeben extra für sie aufgefaltet und mit einem voradventlichen, weiß strahlenden Prachtgewand geschmückt hätte.

Jahrelang trafen aber noch vorwurfsvolle Briefe ein, in denen mein Onkel aufgefordert wurde, umgehend seine Vertrauensstellung beim berühmten Schauspieler erneut aufzunehmen. Dessen restliche, sogar angeblich von ihm persönlich mit der fünften Ehefrau gezeugte Kinder blieben lange Nichtschwimmer, weil er kein neues Vertrauensverhältnis zu irgendeinem x-beliebigen Schwimmlehrer aufbauen konnte. Onkel Ludwig hatte eine große, kaum zu füllende Lücke in Amerika und in der dazu passenden Glamourwelt hinterlassen.

Alle weiteren Advents- und Weihnachtsfeierlichkeiten wurden, wieder zu Hause, dankbar, würdig, besonders festlich und traditionsgetreu begangen. Sogar jeder triste, tief verschneite Wintertag erreichte dabei den Status des Wunderbaren und Besonderen.

Einschließlich Adventskranz, Nordmanntanne und handgeschnitzten Krippenfiguren verlief diese traute Zeit am Ende eines jeden Jahres noch lange, bis zum Abschied meiner wunderbaren Verwandten aus dieser unserer Alten Welt.

Bis dahin nahmen wir mit besonderer Freude die Einladungen entgegen, die sich, mit bester Bewirtung, einsam guten Backwaren und sonstigen Spezialitäten bestückt, zum festlichen Ereignis aufschwangen.

Eigenartigerweise gab es nie Truthahn.

Christkind

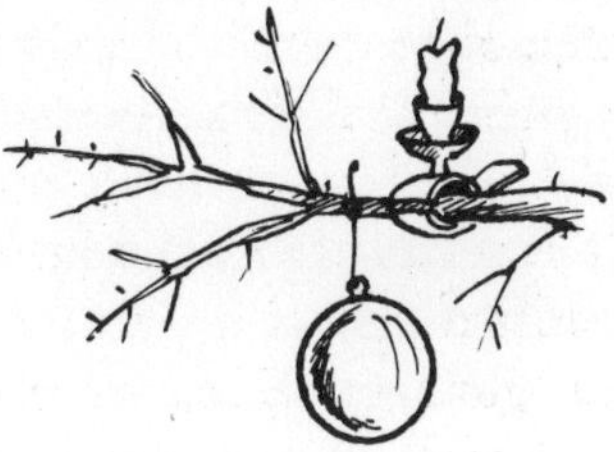

»Ihr Kinderlein, kommet …«

Als erstaunter, unverhoffter Winzling erblickte der Nachwuchs einer befreundeten Familie haargenau am Heiligen Abend erwartungsvoll das Licht der Welt.

Es war also durchaus ein Christkindlein, wenn auch nicht so berühmt und nachträglich über Jahrtausende gefeiert wie sein Vorläufer aus dem Stall von Bethlehem.

Der große Unterschied bestand vor allem darin: Dieser neue Erdenbürger, kaum eingetroffen, wurde dermaßen oft zwecks Fotografiervorgang geblitzt, dass durch die gehäufte Blendung eine bleibende Sehschwäche entstand.

Auch als Weiterwachsender konnte der hübsche Bub nicht oft genug, also zu jeder Tages- und Nachtzeit, fotografiert werden.

Das Augenlicht aber blieb bei ihm ein Leben lang geschädigt. Weder mit Linsen noch mit sonstigen einigermaßen normalen Sichtgeräten war da etwas auszugleichen. Durch eine erschreckend dickglasige

Brille, ohne die er fast blind umhertappen müsste, blickt er lebenslang traurig in die Welt.

Zusätzlich erfasste ihn schon im Kindergarten spielend auch eine Hyperaktivitätsstörung. Als Zappelphilipp war er bei der Kindergärtnerin nicht sehr beliebt.

Unbewusst wurde er später, dem unabwendbaren Trend der Zeit folgend, bis zu seinem autistischen Absturz ein elektronischer Technikfreak.

Die segensreichen Entwicklungen auf dem Gebiet der sogenannten Smartphones und ihrer digitalen Anverwandten eröffnen ja vor allem der Jugend ungeahnte Möglichkeiten. Anhand der kleinen, unscheinbaren Wunderwerke ist inzwischen vorläufig fast alles möglich, außer Rasieren und Zähneputzen vielleicht.

Eigentlich waren ihre inzwischen vorsintflutlich anmutenden Vorgänger ursprünglich nur zum Telefonieren entwickelt worden.

Schon damals erlebte man weitgehend normale Leute, wie sie plötzlich im dichtesten Verkehr stehen blieben und grundlos dämlich lachend oder laut lamentierend, inmitten unter fremden Menschen, mit imaginären Wesen verbal korrespondierten.

Außerirdische schieden hierbei definitiv aus, weil sich die Gesprächsteilnehmer häufig in Sichtweite befanden.

Das ist eher unheimlicher geworden.

Obwohl es so aussieht, soll geistige Umnachtung als Ursache bisher noch selten auftreten. Aber was nicht ist, wird schon bald werden.

Nicht viel später begann das Drama mit den Blitzen ohne Gewitter abends im Biergarten. Jedoch wartete man vergeblich auf den Donnerschlag. Findige Innovationsanheizer hatten es geschafft: Mit diesem unheimlichen Wunderteufelsding war es plötzlich möglich, sogar Fotos zu schießen.

Und bald konnte man schriftlich, bildmäßig, virtuell ständig Verbindung aufnehmen, mit wem auch immer.

Inzwischen hat sich das Ding verselbstständigt, wird, fast unbemerkt, sogar an Brillen montiert und beherrscht sämtliche Lebensbereiche. Selbst mit größter Anstrengung bleibt es so gut wie unmöglich, irgendwo noch einen Fleck zu finden, an dem man unbehelligt, allein oder sogar einsam sein kann.

Pathetisch angemerkt: Es überbrückt ständig, als Gesprächsstoff für technisch kluges Geschwätz, die Angst vor der Leere des Seins.

Jeder einigermaßen stolze Jugendliche, der felsenfest daran glaubt, ohne das teure Trumm nicht überleben zu können, trägt es ab sofort nicht nur bei sich, sondern hat es ununterbrochen in der Hand.

Ja, er hantiert sogar so lange damit, bis die ganze Welt alles über ihn weiß.

Manche Spanner interessiert das freilich. Aber vor allem solche, die es nicht wissen dürften.

Die Revolution, besonders die Bilderflut, macht auch vor dem Stammtisch oder der Familiengesellschaft nicht halt. Alle Leute gaffen nach und nach auf einen Minibildschirm und freuen sich über mehr oder weniger gelungene Schnappschussfotos, die grundlos und massenhaft wie Eintagsfliegen entstehen und vergehen. Schon nach kürzester Pause sind sie dem Vergessen anheimgefallen.

So verrinnt der Abend schnell, und man muss kaum mehr etwas sagen, auch wenn noch lange nicht alles gesagt worden wäre.

Der angestaute normale Redefluss soll aber auf längere Sicht gesehen schädlich sein und in krankhafte Einsilbigkeit umschlagen. Ja, so mancher Minderbemittelte schwebt bereits in höchster Gefahr, seine Sprache zu verlieren. Das Handy, das nicht einmal in England, wo das Englische herkommt, so heißt, wird mit seinen innovativen Weiterentwicklungen zur Lebensgrundlage. Normale Abhängigkeit wäre dagegen fast harmlos.

»Doch das macht mir gar nix«, sagt der schlaue Freak und glotzt in sein Facebookfensterlein.

Man kann heute interessante Beobachtungen machen. Gibt man etwa einem Kind eine normale, klassische Fotografie in die Hand, so versucht der Bengel oder die Göre damit neue Bilder zu erzeugen. Leider erscheint durch noch so starkes Darüberwischen keinerlei Bilderwechsel. Frustriert entsorgt der enttäuschte kleine Mensch das Blatt im Müll.

Tausende von meist ungelungenen Glotzbildern dienen nun alljährlich unter dem Christbaum zur Überbrückung der Feiertage mit den Verwandten, die der üblichen Muttersprache immer unmächtiger geworden sind.

Auch die erwähnte befreundete Familie eilt locker mit ungebremster Geschwindigkeit immer weiter in die moderne Zeit, findet aber nicht mehr hinaus.

»Schau nur, unser Christkindlein, wie süß!«

Und dann werden Tausende frühe Kinderbilder mit sämtlichen inzwischen stattgefundenen Weihnachten vorübergewischt. Ganze Lebensabschnitte gleiten dahin, wie schmelzender Schnee in der Sonne.

Dass der Bub inzwischen 20 ist und leider völlig lebensuntüchtig den gesamten Advent in einer Ecke hockt, bleibt rätselhaft.

Zunächst entpuppte er sich in der Schule als Überflieger. Er übersprang mehrere Klassen. Auch im Gymnasium war der Hochbegabte nicht einzubremsen.

Dann kam der Absturz.

Heute, am Heiligen Abend, sitzt er teilnahmslos am Gabentisch, und keiner weiß mehr so recht, was in ihm vorgeht. Autistisch starrt er in die Augen seiner allernächsten Angehörigen.

Wer sind sie?

Fremde.

Er singt auch schon lange nicht mehr mit, wenn *Stille Nacht, heilige Nacht* aus inbrünstiger Brust intoniert wird.

Messie

Begonnen hat alles mit dem Sammeln von Krippenfiguren.

Die Eltern unterstützten das tatkräftig mit dem Erwerb einer großen Auswahl von Marien, Josefs, Jesukindleins, vielen Sätzen von Heiligen Drei Königen, Ochsen, Eseln, ganzen Horden von Schafen sowie einem Querschnitt aller im Dschungel und außerhalb lebender wilder Tiere.

Eine stattliche Armee von Hirten und Hunden trug ebenfalls zum unheimlich umfangreicher werdenden Auswuchs der Kollektion bei.

Auch ausgestorbene Kreaturen der frühen Fauna wie Saurier oder Mammut erlebten da ihre Auferstehung in biblisch-zeitloser Vereinigung als staunende Zeugen am Stall von Bethlehem.

Und hauptsächlich diese Ställe ohne Zahl in artgerecht-morgenländischer als auch in bayerischgebirgsmäßiger Bauweise verschlangen ungeahnte Platzansprüche.

Damals war man noch ein Kind und wusste nicht, wie gefährlich sich eine Leidenschaft entwickeln kann. Es blieb nämlich unglücklicherweise nicht bei dieser löblichen Einseitigkeit.

Vielleicht ist das Fehlen eines bestimmten Gens der Auslöser? Oder die Entwicklungsgeschichte des Menschen hat da hin und wieder einen defektvoll sich auswirkenden Streich gespielt.

Waren früher unsere Vorfahren sowohl Jäger als auch Sammler, übersprang ich erstere Stufe und verfiel der zweiten, der verheerenden Auswirkungen nicht bewusst.

Später entartete nämlich diese Sucht in eine allgemeine Wut. Ich konnte nichts mehr aussortieren oder gar eliminieren. Alles Vorhandene wurde aufbewahrt und ständig Neues hinzugefügt.

Auch Frau und Kinder, anschließend hinzugestoßen, waren leider dieser Veranlagung nicht abgeneigt oder besaßen sie sogar selbst.

Wenn heutzutage ein Bekannter oder Verwandter nicht mehr weiß, wohin mit seinem Sperrmüll, dann kommt er zu uns. Mit Anhänger. Wir haben Räumlichkeiten – da kannst du nicht mehr hinein.

Vom Speicher ganz zu schweigen. Der Herr Kaminkehrer sprach daraufhin ein hartes Wort mit uns: »Wenn das nicht anders wird, muss ich euch die Feuerpolizei auf den Hals hetzen. Ihr seid ja die allerschlimmsten Messies!«

Bei uns hat der gute Mann einen halben Tag gebraucht, bis er zum Kamintürl vordringen konnte. Er war eben keine Kämpfernatur.

Das Problem hat sich dann aber von selbst erledigt. Vor dem Kamintürl bekam er einen Herzinfarkt.

Wir haben später einen zusätzlichen Stadel gebaut. Großvolumig. Der war aber erst halb fertig, und schon zeigte er sich wieder gesteckt voll.

Da ist man selber überrascht.

Was bleibt einem anderes übrig, wenn das Haus nicht unterkellert ist und man neue Räume dringend benötigt? Man muss einen großzügigen, unterirdisch vorangetriebenen Platz schaffen.

Umfangreich. Katakombe. Labyrinth.

Weil man ja wirklich genügend wertvolle Sachen unterbringen soll, die sonst teilweise sogar draußen verrotten müssten.

Es handelt sich dabei um größte, große und kleinere Exponate. Alleine die Krippenfigurensammlung einschließlich Stallgebäuden zur Unterkunft der heiligen Familie verschlingt unglaublich viel Platz und wird immer weiter komplettiert. Sie platzt aus allen Nähten.

Da heißt es, natürlich rein symbolisch gesehen, »zu neuen Ufern«. Expansion ins Ungewisse, Abenteuer, das geheim unter der bürgerlichen Oberfläche stattfindet.

Und schon ging es los. Wir arbeiteten fleißig Tag und Nacht, ununterbrochen.

Nach vier Wochen stand der Nachbar vor der Türe. Er wohnt etwa 50 Meter weit weg.

Sein erschütternder Kommentar: »Ich glaube, mit mir stimmt irgendetwas nicht mehr. Ich höre nachts im Traum wirre Stimmen unter meinem Bett. Was kann man denn da tun?«

Ich habe ihm einen wirklich guten Psychiater empfohlen. Aus Erfahrung.

Und schon werkelten wir ohne Unterlass unterirdisch vorwärts wie die Pioniere, die den Sankt-Gotthard-Tunnel erschaffen haben.

Nach weiteren zwei Wochen kam der arme Mann schon wieder daher. Diesmal behauptete er: »Jetzt ist es schlimmer geworden mit mir. Ich höre oft in bösen Träumen und Albdrücken zu den rätselhaften Lauten auch so ein Grummeln und Krachen unter meiner Schlafstätte. Ich bin schon total gestört. Sogar der Psychiater verzweifelt an mir und braucht bald selber einen.«

Das wunderte mich keinesfalls.

Natürlich wusste ich genau, worum es sich handelte. Des Rätsels Lösung: Wir hatten mehrmals sprengen müssen.

»Um Gottes willen«, sagte ich, »da musst du aber sofort eine gute Elementarversicherung abschließen. Oder eine Chaosversicherung. Das, was du da hörst, ist die Erdplattenverschiebung. Die Naturkatastrophen kommen gehäuft alle durch die Klimaerwärmung ab sofort auch zu uns in die gemäßigte Zone daher. Rücksichtslos!«

Als die Fertigstellung der Katakombe erreicht war, fanden wir zu unserem Schrecken den Ausgang nicht mehr.

Nicht indem wir uns verirrt hatten, nein, meine liebe Frau versperrte hinter uns nichts ahnend den Rückweg, weil sie schon wieder sorgfältig am Einräumen war.

Früher gab es einmal im Monat Sperrmüllabfuhr. Wir haben da schon damals nur sehr ungern etwas gespendet.

Einmal legte ich doch ein paar Kleinigkeiten zur Straße hinaus. Es hat dann zu regnen begonnen. Darum musste ich die besseren Sachen wieder hereintragen. Kann man doch nicht nass werden lassen.

Am Abend ist dann mein achtsamer Sohn auch noch hinausgeschlichen und hat den Rest wieder hereingeholt. »Teilweise unersetzlich«, sagte er, wohl wissend um den Wert unserer tollen Stücke.

Das ist ja so: Da stellst du die guten Sachen raus, und schon sind die Schnorrer und Händler da und verdienen sich eine goldene Nase.

Bei uns war da nix mehr zu holen!

Meine liebe Schwester wohnt auch im Haus. Die ist leider manchmal unberechenbar.

Als wir unseren Jahresurlaub genommen haben, eineinhalb Tage, hat sie einen Haufen seltener Dinge weggeworfen.

Und die größte Tragik: Wir haben das überhaupt nicht gemerkt!

Na ja, diese Lücke konnte bald wieder geschlossen werden. Aber schade war es schon um die guten Sachen. Auch wenn die Erinnerung daran fehlte.

Zum Glück brachten wir aus dem Urlaub schon wieder eine kleine Auswahl zur Ergänzung mit.

Beim Einlagern entwickelt man ja eine eigene Technik. Man nimmt einen Raum und legt die seltenen Exponate so lange hintereinander zu Boden, bis man trotz größter Anstrengung nicht mehr hineingehen kann, ohne etwas zu zertrampeln.

Eines Tages hat mir ein guter Freund einen wertvollen Tipp gegeben. Er ist beruflich Lagerist.

Ich kannte ihn schon länger, weil er hobbymäßig unsere Krippensammlung als Figuren- und Hergottschnitzer bis heute ständig ergänzt.

»Ja«, sagte er, »stapelts halt das ganze Glump, das Graffel, das ihr da angehäuft habt, übereinander. Dann bringts ihr bestimmt fünfmal so viel unter!«

Zunächst war ich sehr aufgebracht, ja erbost. Wegen seiner Wortwahl. Er ist eben ein recht unsensibler Zeitgenosse.

Noch dazu hat er keinerlei Ahnung von Wertgegenständen. Selbst seine eigenen Schnitzkunstgegenstände schätzt er viel zu gering ein. Das kam uns beim Ausbau der Krippenfigurensammlung gerade recht.

Aber wir haben sein Rezept dann ausprobiert, und seit dieser Zeit bringen wir sogar zehnmal so viel unter wie früher.

Das ist auch notwendig. Unsere Sammelleidenschaft hat sich immer weiter herumgesprochen. Jetzt kommen sie schon mit Lastwagen und Anhänger aus allen Richtungen. Sogar Ausländer spenden kurios-seltene Dinge wie einen echt Schweizer Bierpokal aus Bronze, auf dem Deckel der heilige Martinus, der Schutzpatron aller Säufer. Auch ein indischer Buddha, vielleicht sogar aus chinesischem Porzellan, wurde angeliefert.

Wenn man jetzt allerdings etwas braucht, dann ist die Katastrophe da. Weil der benötigte Gegenstand mit Sicherheit immer im untersten Bereich liegt.

Wir haben zum Beispiel im Laufe der Zeit mindestens zwanzig Erste-Hilfe-Koffer gesammelt. Wo schaut einer hervor? Natürlich wieder ganz unten.

Neulich benötigten wir nämlich dringend einen diesbezüglichen, weil sich mein Sohn eine auswärtige Verletzung zugezogen hatte.

Er zieht also an, um Zugang zu seiner Ersten Hilfe zu bekommen – und schon fällt ein seltenes, unersetzliches Sammlerstück, ein Gasherd von 1920, auf sein Haupt. Echt Gusseisen!

Im Krankenhaus dann fragte der Notarzt, dieser unbedarfte Hirsch: »Wie ist denn das passiert?«

»Ja«, sagte mein Bub, »das war höhere Gewalt!«

Recht hat er gehabt. Nämlich mindestens zwei Meter höhere!

Gefährliche, unheimliche Vorschläge kommen immer wieder von meiner lieben Schwester, die auch im Haus wohnt, aber neuerdings notgedrungen unter Platzknappheit leiden muss. Ich gebe zu: Es wird enger bei uns.

Wir stapelten schon heimlich einige ausgelagerte Teile in ihrem Schlafzimmer unter dem Bett. Es sind nur ein paar Krippenfiguren. Vielleicht so fünfhundert Stück. Das hat sie aber bis dato noch nicht gemerkt.

Offensichtlich trachtet sie jedoch auch anderweitig nach mehr Bewegungsfreiheit. Meinte sie doch allen Ernstes: »Ruft doch endlich einmal den Zosseder an.« Das ist eine Firma, die Müll-Großbehälter aufstellt und gefüllt wieder abtransportiert. Nach ihrer Vorstellung müsste der mindesten 10 bis 15 Container bereithalten.

»Und schmeißts dann wenigstens einen Teil eurer Ansammlungen weg, damit man endlich um das

Haus gehen kann und vielleicht die Sonne wieder einmal sieht.«

Mein lieber Sohn hat sofort einen Weinkrampf bekommen. »Liebe Tante«, sagte er, »die paar Sachen, die wir zum Wegwerfen haben, die kann ich leicht auch mit dem Radl fortbringen.«

Sprach doch sie darauf, nicht unerbost: »Dann lass den Saukarren auch gleich dort, den hast du ja auch aus dem Sperrmüll, wie die andern zwanzig oder dreißig kaputten Drahtesel.«

Manchmal erfasst mich Trauer, wenn ich an die ungewisse Zukunft denke.

Je mehr wir in die Enge getrieben werden, desto häufiger schweifen meine nostalgischen Gedanken zurück, wie alles begonnen hatte.

Das ist nun schon länger her, und es gab keinerlei Platzfragen. Unglaublich!

Trotzdem bin ich der festen Überzeugung, dass ich auch heute wieder, genauso wie einst, mit einer erbaulichen Krippenfigurensammlung beginnen würde. Sie strahlt so viel Friedliches, Erwartungsvolles aus.

Ein unangemeldetes Haustier oder beste Freunde

Diese Erzählung muss voraussichtlich immer in der Gegenwart stattfinden. Solche Ereignisse legt man nur sehr schwer in die Vergangenheit ab. Weil dann unweigerlich auch das Vergessen eintrifft.

Als ein beliebter, gesellschaftlich unkomplizierter Treffpunkt in der Adventszeit hat sich der Weihnachtsmarkt bewährt. Oft ersetzt er in dieser Zeit sogar den Stammtisch.

Am Weg dorthin, es dämmert bereits, folgt mir plötzlich durch den Schnee ein struppiges Tier auf den Fersen.

Irgendwann bleibe ich stehen und schaue in zwei hellblaue, intensiv leuchtende Augen.

Dann erfasse ich das gesamte Teil.

Es ist ein großer, struppiger Kater. Er schnappt nach meiner Hand, beißt aber nicht zu, so als ob er schlau sagen wollte: »Siehe, hier schnappe ich nach Liebe, ich kann nicht anders. Bin verlassen und hungrig, suche nur Anschluss.«

Ist er ein Ausbrecher? Ein heimatloser Herumtreiber? In der Zeitung stand nämlich zu lesen, dass das Tierheim an totaler Überfüllung leidet und eine tiergerechte Haltung nicht mehr gewährleistet werden kann. Schon mehrere Insassen sollen daher das Weite gesucht haben.

Vor dem Licht eines Schaufensters zeigen sich die Farben seines ungepflegten Fells, Granitgrau und Dunkelweiß. Er wirkt ziemlich verkommen. Da denkt man an die Straßenkinder ohne Heimat in Brasilien.

Unverdrossen folgt er meinen Schritten, auch als ich ihn abhängen will und – jetzt unschlüssig – etwas zu laufen beginne.

Dann liegt ein Hauch von gebrannten Mandeln und Glühwein in der klaren Winterluft. Ausgelassene vorweihnachtliche Stimmung nimmt mich auf. In der Runde prostet man sich bereits mit dem dritten Glas Weihnachtspunsch zu.

Der Strolch harrt nach wie vor geduldig in etwa zehn Metern Entfernung wie ein Standbild aus grau-weißem Marmor aus.

Über eine Stunde später, auf dem Rückweg, schließt sich mir das Tier aus unerfindlichen Gründen sofort wieder an.

Ich kann es nicht verhindern – vielleicht will ich es auch gar nicht mehr so richtig: Das Monster saust wie der Blitz zu Hause beim Öffnen der Haustür mit hinein.

Nach dem ersten Schock zeigt sich wieder einmal das gute Herz meiner Angetrauten.

Es ist immer wieder interessant und ergreifend, wie freudig und uneigennützig echte Frauen bei sich bietender Gelegenheit zu Samariterinnen mutieren.

Beinahe hätte ich gesagt: Das weiß ich doch auch aus eigener Erfahrung. Große Tierliebe bricht sich eben Bahn.

So kurz vor dem Heiligen Abend sieht man dieses Geschehen sofort als ein gutes Omen an und nimmt es als ein Weihnachtsgeschenk des Himmels freudig an.

Nach gründlicher Reinigung mit Bürste und Kernseife, Fütterung und unaufhörlicher Streichelung – es sieht aus, als ob er dadurch noch länger und umfangreicher würde – zeigt sich ein stattlicher, ansehnlicher Minitiger in vollster Pracht.

Genüsslich hat er alle Prozeduren über sich ergehen lassen.

Später, am nächsten Abend, liegt er satt und zufrieden unter unserem Christbaum und räkelt sich genüsslich sowie, das muss man wirklich sagen, recht dankbar.

Schwieriger wird es schon, die nachbarliche Umgebung auf den neuen Ankömmling einzustimmen. Anscheinend hat er eine harte Zeit hinter sich und glaubt immer noch, sich wie Don Quichotte gegen eine feindliche Umwelt durchsetzen zu müssen.

»Er ist bösartig, unverträglich und aggressiv«, sagt eine Nachbarin mit Recht, weil der gutmütige, ziemlich gealterte Kater der Familie unter der ruppigen Art des umtriebigen Strolches schwer leiden muss. Das ergraute Nachbartier hat unglücklicherweise nicht einmal mehr Zähne zur Verteidigung. Kein Wunder, wenn unser Zögling das weidlich ausnützt.

Auch die anderen Anlieger sinnen auf Abhilfe wegen der terroristischen Ambitionen des unerwünschten, ungezähmten Neuankömmlings.

Einer der harmloseren Vorschläge ist daher, ihn in das Tierheim zu verfrachten.

Meine Vermutung, dass er schon vor längerer Zeit von dort ausgebrochen und verwildert ist, stimmt mich jedoch sofort solidarisch mit so viel Freiheitsdrang. Aber nicht nur mich, sondern auch meine liebe Frau. Sie schleppt andauernd Vorräte von Futter herbei, das der Kerl in großen Mengen verzehrt.

Sein Instinkt und seine Liebe zur Freiheit treiben ihn auch bei Minustemperaturen immer wieder hinaus, wo Wald und Feld sowie unvorsichtige Mäuse seiner warten.

Nicht umsonst besitzt er einen strammen, gestählten Körper und einen gewaltigen Schädel.

Leider ist der früher verwahrloste Kerl ein weiteres Beispiel für das unabsehbare Heer der Haustiere, für die ab sofort, wenn auch nur teilweise, fabrikmäßige tierische Nahrung beschafft wird. Bisher hat er offensichtlich in eigener Ernährungsregie so recht und schlecht von Mäusefang und Betteln gelebt. Die Behauptung, dass ein Großteil der armen, unnatürlich »erzeugten« Schlachttiere in die Tiernahrung wandert, bestätigt sich auch in unserem Fall. Auch dass die Zahl von domestizierten, verpäppelten Haustierlieblingen enorm und bedenklich gestiegen ist.

Die Namensgebung für den Strolch bereitet kein Problem. Adelige Abstammung muss dabei schon sein. Ab sofort heißt er passend »Gunter von

Schädelmeier«, auch wenn das bei einigen Mitmenschen aus unserer Umgebung auf Verwunderung stößt und die Tierfreunde nachdenklich oder gar neidisch stimmt. Sie bevorzugen fantasievoll lieber Kosenamen wie Schnucki, Katzi, Bärli, Lumpi, Flocki, Bazi. Wobei mir natürlich voll bewusst ist, dass letztere Rufnamen eher für Hundileins benutzt werden.

Aber ein kurzer Kosename ist für unseren Rabauken doch wirklich nicht angebracht.

Außerdem wird sein voller adeliger Name »Gunter von Schädelmeier« sowieso selten ganz ausgesprochen. Später höchstens ähnlich: »Runter vom Kanapee!«

Irgendwann werden auch die umliegenden tierliebenden Nachbarinnen weich, als ich eine rührselige Geschichte vom verstoßenen Kätzchen sowie einer anschließenden mutterlosen, schlimmen Kindheit erfinde und unter das Volk streue. Aber vielleicht ist das gar nicht erfunden?

Auch das Verhältnis zum Nachbarkater verbessert sich zusehends. Pfaucht erst unser Kraftprotz noch bösartig, wenn er des vermeintlichen Konkurrenten ansichtig wird, bringen es die beiden mit der Zeit sogar diplomatisch dazu, schnüffelnd auf Tuchfühlung zu gehen.

Kurz darauf werde ich Zeuge des guten Willens unserer freundlichen Anwohner.

Ratschläge der Nachbarin, die Entwurmung, Kastrierung, Impfung und was weiß ich betreffend, höre ich von ferne, als sie mit meiner Frau zusammen plaudert.

Da steht dem guten Tier was bevor. Doch ungestörte Nachbarschaft ist Gold wert, und für die Fortpflanzung von Unmengen domestizierter, naturentfernter Geschöpfe sorgt ja sowieso das Zuviel an falscher Tierliebe.

Es gibt aber noch einen Grund zur freundlichen Aufnahme des Umhertreibers. Meine Frau teilt die vegetarische Entwicklung, die ich genommen habe, weniger. Darum ist ihr auch ein »Normalverzehrer« im Haus willkommen.

Ich muss trotzdem leider zugeben, dass mir der Kerl sympathisch ist, und ertappe mich dabei, wie mir immer wieder versehentlich eine Hand entgleitet und über das glänzende, buschige Fell streicht.

Er schnappt sofort wieder zu, aber sein kräftiges Gebiss verharrt, als es die Haut berührt. Das ist, als wollte er nun sagen: »Schau, wenn ich jetzt nicht dein bester Freund wäre, hättest du keine Freude mit mir.«

Wir sehen uns an, verstehen uns und wissen, wie es mit uns weitergeht.

Jedenfalls erhält der blauäugige Stromer ab sofort eine Pflege, die ihn offensichtlich selbst überrascht, weil er uns oft lange ansieht, als wollte er sagen: »Das gibt's doch gar nicht.«

Diese Episoden liegen nun einige Jahre zurück, in denen unser »Monster« nicht nur zu unserem Liebling, sondern auch zu dem der näheren Umgebung avanciert war.

Weitere einige Jahre wären ihm sicher noch vom Alter her beschieden gewesen.

Leider verschwand er eines traurigen Tages für immer. Sein Schicksal verlief sich wieder im Dämmer, aus dem er damals erschienen war.

Weihnachten ohne ihn ließ darauf mehrmals das Fest für einen Augenblick in trauerndes Gedenken abgleiten. Wie es eben so geht, wenn man einen ziemlich besten Freund nie mehr sieht.

Seine hellblauen Augen sind unvergessen. Er war eine Bereicherung in unserem Leben.

Blutdrucksenkendes Naturmittel

Wir vergnügten uns bei unterhaltsamen Gesprächen, feiner Speis und feinem Trank im Biergarten einer berghangmäßig gelegenen Gastwirtschaft. Die schwächer gewordene Sonne strebte unaufhaltsam darauf zu, hinter dem gegenüberliegenden Berggipfel abzutauchen.

Obgleich wir schon wieder einmal in das letzte Drittel des Jahres drifteten – in den Nächten trieb sich bereits der erste Frost herum, und im Freien war dichtere Bekleidung angesagt – erreichte unsere Stimmung beinahe überirdische Werte.

Das lag dann vor allem an einem Sonnenuntergang, wie er sonst eigentlich nur auf kitschigen Bildpostkarten zu sehen ist.

Dazu trug aber auch ein vertraulich angenähertes, eher noch junges Katzentier bei. Schöner gezeichnet und gepflegt kann man sich so ein Exemplar kaum vorstellen. Die intensive Farbtongebung schwankte zwischen Dunkelbraun und Senfgelb.

Im Zoo sah ich einmal eine Amerikanische Pardelkatze. Ihre Färbung war ähnlich, die Fellmaserung hatte eine konzentrisch verlaufende Zeichnung, halbseitig auf beiden Seiten gleich. Genau diese Dekoration brachte der kleine Kerl mit sich. Schnell landete er auf dem Schoß meiner lieben Frau, wo er bis zur Verabschiedung schnurrend ausharrte.

Schweren Herzens trennte sich mein Weib von dem zutraulichen Tier.

Wie konnte es anders kommen: Schon bald reifte in ihr heimlich der Plan zu einer Entführung des lieben Pelzkameraden.

Bereits im Advent starteten wir erneut zu besagtem Wirtshause. Nach einem feudalen Menü setzte sich der Herr Wirt plaudermäßig an unseren Tisch. Meine Frau schaffte es problemlos, dass das Gespräch auf Katzen gelenkt wurde.

Und – o großes Staunen – der Chef der Kochtöpfe klagte passenderweise: »Aus der Nachbarschaft erscheint immer wieder ein kleiner Kater, der inzwischen zum Liebling der Gäste avanciert ist. Wir besitzen aber doch selber drei Katzen. Da können wir diesen Eindringling nicht gebrauchen. Er scheint kein festes Zuhause zu haben und schmeichelt sich bei den Gästen immer wieder ein. Wir wären froh, wenn der Bursche verschwinden würde.«

Zur Verabschiedung begleitete er uns noch ins Freie. »Sie könnten ihn ohne Weiteres problemlos mitnehmen. Kein Mensch kümmert sich darum.«

Und wie um uns zu narren, tauchte der kleine Stromer als ein Gespenst kurz an der Ecke auf. Meine Frau frohlockte. Doch als sie Anstalten machte, ihn einzufangen, war er bereits wieder im leichten Bodennebel verschwunden.

Schon am nächsten Tag rückte meine eifrige Frau, verstärkt durch eine zu allem bereite Nichte sowie Käfig, aus, um den – wie es sich später herausstellte, quirligen – Kater einzufangen.

Auch ich war mit von der Partie, hielt mich aber vorsorglich im Auto versteckt.

Wer weiß schon, welche Komplikationen bei Entführungen auftreten.

Nach vergeblichem Umherstreifen in der gesamten Gegend kehrten die beiden Häscherinnen erfolglos zurück. Die Aktion wurde widerwillig abgebrochen.

So ging das mehrere Tage. Immer wenn wir voller Tatendrang anrückten, meinte der Wirt anfeuernd: »Gerade war er noch da. Weit kann er nicht sein.«

Ich war mir überhaupt nicht mehr sicher, ob sich der Bursche nicht inzwischen in eine Fata Morgana verwandelt hatte, die meiner Frau nur noch im Traum ständig erschien.

Erst am Zweiten Adventsonntag – ich habe mir den Tag deshalb so genau gemerkt, weil bereits der erste Schnee in diesem Jahr fiel und zwei Kerzen angezündet wurden – war die anstrengende Jagd endlich von Erfolg gekrönt.

Das eigenwillige Tier erschien ohne Umschweife von selbst und blickte uns erwartungsvoll an, als ob es sagen wollte: »Endlich. Wo bleibt ihr denn? Es wird Winter, und da muss man sehen, wo man unterkommt.«

Dann gab der Vagabund Töne von sich, wie sie etwa die Feuerwehr bei einem Einsatz durch die Gegend schallen lässt – wenn auch viel leiser –, schlüpfte mir nichts, dir nichts in den Käfig und schaute uns erwartungsvoll an.

Zu Hause nahm er seine neue Heimat wie selbstverständlich in Besitz.

Heute ist er festes Mitglied im Familienverbund. Er schweift zwar tagelang, mitunter auch nachts, durch die Gegend. Das soll bei echten Katzen so üblich sein. Dann erscheint er jedoch zur Freude der Angehörigen nicht nur wenn er Hunger hat und gestreichelt werden will. Er vollführt auch Kunststücke. Dazu zählt der Überschlag aus dem Stand oder der kühne Sprung auf die Schulter eines total überraschten Besuchers.

Meine Sorge, dass er unrechtmäßig gekidnappt worden sein könnte, zerstreute der Herr Wirt bald darauf bei einem heimlichen Besuch von mir allein. Obwohl ich sonst eher selten ein schlechtes Gewissen besitze, verfolgte mich die vorangegangene tagelange, aufreibende Jagd nach dem Untier bis in meine schweren Träume hinein. Ich wollte es mir auch nicht ausmalen, welche Strafe auf Entführung zu erwarten ist.

Doch der gute Mann schien sogar erleichtert. Unter vier Augen flüsterte er nämlich, dass die Angewohnheit mit dem Auf-die-Schulter-Springen bei manchen Gästen gar nicht gut angekommen war. Abschließend beruhigte er mich: »Völlig unbegründete Sorge. Bisher hat niemand nach ihm gefragt.«

Überraschend ergab sich noch ein interessanter Aspekt aus der Tatsache, dass wir nun das Tier bei uns hatten. Nach neuester, wissenschaftlich beweisbarer Erkenntnis und aufgrund ärztlicher

Bestätigung wirkt ein beliebtes Haustier sogar therapeutisch-prophylaktisch gesundheitsfördernd.

Der Bluthochdruck meiner lieben Frau ist tatsächlich nach Absetzung entsprechender Medikamente in den normalen Bereich abgesunken.

Damit ist schlüssig bewiesen: Gutmütige, einfühlsame Streicheltiere tragen besser als jedes Arzneimittel zur Gesundung bei.

Das kann ich nur bestätigen: Immer wenn der Kater mir von hinten auf die Schulter springt, bekommt mein Leben einen Vorwärtsschwung.

Weihnachtsgeschenke im Wandel

Selbst wenn es einem so vorkommt wie gestern, liegt das alles schon seit einer längeren Weile oder noch abgelegener zurück und war erstaunlichem Wandel ausgeliefert.

Am leichtesten merkt so etwas jeder an den täglichen Veränderungen, die das rasche Zeitvergehen unaufhaltsam mit sich bringt.

Nichts dürfte schwieriger sein als Prophezeiungen. Vor allem, wenn es in die Zukunft geht.

Vielleicht ist eine Antwort meines Enkels an einem längst verflossenen Weihnachtstag der Schlüssel zum Unverständnis solcher Vorgänge. Sein Glaube an das Kommende war trotzdem umwerfend.

Auf die Frage »Was hast du denn gestern alles gemacht?« hatte er eine erstaunliche, noch dazu sichere, aber ins Ungewisse reichende Antwort parat: »Ich habe auf heute gewartet.«

Das haben wir früher auch immer wieder. Doch dazwischen hat sich einiges getan. So sind zum Beispiel die Präsente neuerdings an Weihnachten völlig verschieden von den meisten früheren Geschenken.

Man freute sich über Kleidungsstücke, von der Unterhose bis zum Schlafanzug. Pullunder kleideten den schicken, modebewussten Mann. Hin und wieder tragen sie noch pensionierte Politiker.

Auch Schiesser-Ripp-Unterwäsche war damals der große Renner. Dass so etwas heute im allgemeinen Retrowahn wieder up to date geworden ist, zeigt: Modebewusstsein reicht auch heute noch bis ins Unterhemd.

Bekleidung und allgemeine Gebrauchsgegenstände waren sehr begehrt. Aus Katalogen, die wochenlang von den Eltern durchgefilzt wurden, entstiegen Dinge wie aus tausendundeinem Wunderland.

Der Postbote erschien als Adventsengel und überreichte die Gaben vom Versandhaus kurz vor dem Fest. In der ersten Euphorie nach dem Krieg wurde munter bestellt, oft sogar auf Ratenzahlung.

Hinterher traf das Erstaunen ein, weil die Haushaltskasse anscheinend nicht mehr ganz dicht war.

»Was weiß man schon, wie lange die gute Zeit bleibt?«, brachte mein Vater die allgemeine Erwartung auf den Punkt.

Fahrräder, Waschmaschinen, Staubsauger – der Nachholbedarf stieg ins Unermessliche, und die Versandhäuser feierten Hochkonjunktur.

Auf der anderen Seite war noch eine Bescheidenheit anwesend, die sich häufig sang- und klanglos verabschiedet hat. Selbstgebackenes, Selbstgebasteltes, Gedichtetes, liebevolle Kleinigkeiten, ja sogar Äpfel, Birnen, Nüsse und Orangen konnten damals noch unbändige Freude auslösen.

Bücher werden zwar immer noch verschenkt. Aber heute gibt es keine eindeutigen Renner mehr. Die Neuerscheinungen sind unbegrenzt zahllos geworden, und trotz Finessen wie dem elektronisch-virtuellen Notebook ist der Leserkreis geschrumpft.

Im Fernsehen wird so mancher Bestseller, den man früher wochenlang lesemäßig und fleißig mit Fantasiebildern und -personen erfassen konnte, in knapp zwei Stunden vorgeführt. War ehemals die Einbildung ein belebender Begleiter zur Literatur, werden heute die Figuren und das gesamte Ambiente nach den Wünschen des Regisseurs so und nicht anders übermittelt.

Vielleicht liegt das nicht nur an der damaligen Knappheit der Medien, zum Beispiel von lediglich drei Fernsehprogrammen in Schwarz-Weiß, sondern auch an einer früheren Blütezeit von Buchklubs. Ob Bertelsmann-Lesering oder Büchergilde Gutenberg – war man Mitglied, hagelte es alljährlich, so kann man fast behaupten, Bücher. Viele wurden aufgrund von animierenden Katalogen für fast jeden Geschmack eigenhändig ausgesucht und vom angesparten Taschengeld bestellt.

Edgar Wallace und seine Kameraden sowie ihre Krimis waren ebenso beliebt wie klassische Werke, sagen wir von Theodor Storm, Ernest Hemingway oder Leo Tolstoi.

Übersah man die Quartalsfrist, erschien automatisch der Empfehlungsband, zumeist eine Erzählung aus dem Fundus weithin bekannter Autoren.

Besonders der 24. Dezember vermehrte die Buchbestände erheblich. Damals schätzte jeder den

Besitz von Werken aller literarischen Sorten, ob er sie jemals las oder nicht. Alleine das Vorhandensein der Geistesschätze strahlte ein wunderbares Gefühl der Zufriedenheit aus.

Darunter befanden sich automatisch und problemlos Autoren wie Erich Kästner, die man vorher, in unseliger Zeit, nur in verbotenen Nischen erreichen konnte. Vor allem *Brehms Tierleben* und Wilhelm Busch bereicherten die Auswahl mit ihren so unterschiedlichen, aber doch einmaligen, zeitlosen Werken erheblich. Da füllten sich die repräsentativen Regale von A wie Aristoteles und »Alle Menschen sind sterblich« bis Z wie Emile Zola und *Germinal.*

So mancher Wenig- oder Nichtleser konnte stolz seine knappe Bildung eindrucksvoll mit dem Besitz von mehreren Metern Buchrücken übertünchen. Vor allem die in Kunsthalbleder gebundenen Gesamtausgaben von Goethe bis Schiller beeindruckten den erstaunten Besucher erheblich.

Auch wir schreckten keinesfalls vor dem Erwerb solcher Statussymbole zurück. Um einen markanten Spruch von Karl Valentin wieder passend zum Leben zu erwecken: »Das zeigt, dass wir nicht nur blöd, sondern auch intelligent sind.«

Die Eltern legten damals großen Wert auf die literarische Ausrüstung des Nachwuchses. »Was für Bücher wünschst du dir für dieses Weihnachten?«, war eine der häufigsten Fragen im letzten Quartal des Jahres.

Und als dann der Große Brockhaus in 20 Bänden auf dem Tisch vor dem Christbaum prangte, ergriff ein Schauer der Ehrfurcht alle Anwesenden. Auch wenn es niemand aussprach, so vernahm man beinahe wirklich, was alle dachten: »Was sind wir doch für eine gebildete Familie!«

Fraglos spielten eine gehörige Portion Einbildung und geistiger Nachholbedarf mit. Doch man schuldete nach der tragischen Vergangenheit einem Neuanfang so einiges.

Man wurde noch zum Lesen animiert, auch wenn sich die Interessenlage beim Nachwuchs allmählich, sagen wir mit 18, verändert hatte und schon die Führerscheinprüfung bevorstand.

Immer wieder einmal kam mit Sicherheit die Aufforderung: »Lies doch was!«

Und damit war damals noch nicht gemeint, dass man dem Sprössling empfahl, ein Auto zu leasen.

Wenn es heute, um mit dem nostalgischen Schlagertext zu sprechen, verbrämt heißt: »Schön war die Zeit, doch sie kehrt nie zurück«, so ist das nicht unbedingt von der Hand zu weisen.

Beinahe an den Niagara-Fällen, Mozart und Silvester

Nicht nur in den Vereinigten Staaten von Nordamerika gibt es die Niagarafälle. Auch auf der kanadischen Seite. Die hat sogar den weit größeren Anteil daran. Ich war zwar nie dort, sondern nur beinahe. Widrige Umstände haben letztendlich den Besuch knapp davor verhindert.

Wer einmal oder gar zweimal Kanada besucht hat, der weiß, wie umfangreich diese Gegend sich als zweitgrößtes Land der Erde ausdehnt. Das Flair und die weitgehend ursprünglich gebliebenen Sehenswürdigkeiten haben es in sich. Bekannt geworden bei uns ist dieser überdimensionale Landstrich durch einen tollen Schlager aus der Blütezeit deutscher Kompositionen in den 50er-Jahren des vorigen Jahrtausends. Der Refrain, leicht abgewandelt und verbessert von unbekannter Hand, wurde bei uns zum Gassenhauer aller Jugendlichen dieser Epoche:

Wir kaufen uns ein Häuschen, ein Klosett in Kanada,
wir jagen dort nach Bären, denn es sind so viele da.
Do-re-mi-fas-so-la-si-re-do.

Besonders die letzte Zeile verfehlt den überragenden Eindruck deutscher Lied- und Textkunst niemals.

Das mit den vielen Bären wurde auf einer späteren Reise überprüft. Es war jedoch ein Fehlschlag. Selbst von der – beinahe hätte ich gesagt hochalpinen – Warte namens Rogers Pass, angeblich mit Bärenblickgarantie, aus gesehen zeigte sich kein einziger Pelzträger.

Abgesehen davon haben mich immer schon der Indianermythos, die weiten Prärien, türkisfarbene Seen und die riesigen Wälder in ihren Bann geschlagen. Von Vancouver über die Rocky Mountains, Manitoulin Island bis Neufundland ergibt sich dort das Abenteuer pur fast von selber. Das haben wir mehrmals, wenn auch unverhofft, erlebt.

Im Winter ist die Reiselust zwar etwas eingeschränkt, weil man hin und wieder nicht mehr über die Schneehaufen sieht, aber mein Kurzurlaub mit einem kleinen Rudel an Freunden, es waren ihrer drei, fand trotzdem statt.

Obwohl dort üblicherweise in dieser Zeit ein unangenehmes, kontinentales Klima herrscht, also eine starke Kälte klirrt, geht es manchmal auch anders. Ähnlich wie bei uns, wenn der Föhn eintrifft und unverhoffte Wärme damit verbunden ist, war es damals in Kanada. Im Urlaub um die Weihnachtszeit bekam der Schnee nicht wie sonst die Oberhand.

Die Schwester eines Freundes hatte uns eingeladen, zur »staaden Zeit« einen längst fälligen Besuch bei ihr anzutreten. Und so geschah es, dass wir nächtens verzweifelt durch Toronto auf und ab fuhren, ohne ihre Heimstätte am Humber River im gleichnamigen Park zu finden.

Damals gab es ja noch kein Mobiltelefon. Auch das Internet ruhte in der Zukunft. Und durch böse Umstände konnten wir die Telefonnummer lange nicht erreichen, weil ein Stromausfall Ärger erzeugt hatte.

Toronto besaß zu dieser Zeit bereits eine Ausdehnung von mindestens 40 Kilometern. Und bis wir endlich am Humber River Park eingetroffen waren, schien schon wieder die Sonne.

Nach der ausgedehnten Begrüßungszeremonie – die Geschwister hatten sich lange nicht mehr gesehen – wandelten wir durch das weihnachtlich überladene Kaufhaus »Eaton Centre«. Unter einer riesigen Glaskuppel – man hatte das Gefühl, im Freien zu sein – schlenderten wir eine Zeit lang zwischen Hunderten von Läden und Kneipen mehrere Stockwerke auf und ab.

Dann verlegten wir uns auf das Studium der unzähligen Kunden. Von einem günstigen Beobachtungsposten aus, einer Terrassenwirtschaft, genossen wir das bunte Treiben wie aus einer Theaterloge. Fast könnte man die Idee vieler Einheimischer teilen, wenn sie sogar ihren Urlaub hier verbringen.

Anfangs wunderte man sich noch sehr, wie zahlreich dort gewaltig umfangreiche Menschen mit bestimmt 200 bis 300 Kilogramm Lebendgewicht umherstampften, teilweise gestützt von hilfsbereiten Angehörigen. Als wir jedoch die Speisenfolgen an den Nebentischen erlebt hatten, war das Wundern zu Ende: Nudelberge mit Hackfleisch und Ketchup als Vorspeise, klodeckelgroße Steaks und Pommes-frites-Gebirge zum Hauptgang sowie Speiseeistürme, strudelartige, kandierte Zuckerwürstel, aber auch halbe Buttercremetorten zum Ausklang des Menüs waren des Rätsels Lösung. Außerdem gab es literweise Softdrinks, Cola und eine weitere große Auswahl pappsüßer Getränke dazu.

Unsere Frage nach einem ehrlichen Bier blieb zunächst unbeantwortet. Erst später erfuhren wir, dass nur ein Laden oder eine Wirtschaft mit Lizenz als *Liquor Shop* solche gefährlichen Drinks führen darf.

Als Ersatz wurde uns *Root Beer* angeboten. Das ist eine Brühe, mit prickelnden Chemikalien versetzt und, wie wir herausfanden, mit dem Geschmack eines früher bei uns üblichen Gurgelmittels namens Mallebrin gegen Halsschmerzen. Wo die Verbindung zu der Bezeichnung »Wurzelbier« liegen sollte, konnten wir nicht herausfinden.

Auf unsere Frage an einen genüsslich schlürfenden Fachmann, was er daran so toll finde, teilte der uns bereitwillig mit: »Root Beer tastes well and is nature pure without alcohol.«

Es soll aber im Lande trotz der rigorosen Vorsichtsmaßnahmen gegen den Beelzebub Alkohol einschließlich Null-Promille-Grenze für *driver* mindestens so viele Alkoholiker wie bei uns geben.

Das mit der Lizenz und den *Liquor Shops* haben wir Jahre später anlässlich einer ausgedehnten Erkundung durch das weite Land noch erstaunlicher erlebt. In einem Ort namens High Prairie, nahe der Grenze zu Alaska, spekulierten wir ebenfalls darauf, ein paar Flaschen Bier zu erlangen. Liegt das in den bayerischen Genen? Auf der Fahrt durch den mickrigen Ort, gesäumt von Wellblechhütten und ebenerdigen Läden, fiel uns ein besonderes Haus auf. Wir dachten zunächst, es handle sich um das Gefängnis. Ein martialischer Wächter mit Schießprügel patrouillierte vor den vergitterten Fenstern auf und ab.

Dann erhielten wir die Auskunft: »Das ist der *Liquor Shop* mit den gefährlichen Getränken.«

Wir mussten den Ausweis am Eingang abgeben. Bier gab es keines. Lediglich einen »Mountain Riesling« konnten wir erwerben. Diese Weinsorte wurde in zehn Grade eingeteilt, je nach der Zuckerhaltigkeit. Doch selbst der als herb deklarierte Traubensaft schmeckte noch nach Süßstoff.

Laut Gesetz durfte auch alles Alkoholisierte nicht im Freien, sondern nur in geschlossenen Räumen getrunken werden. Deshalb verzogen wir uns in unser Campmobil zum ausschweifenden Gelage.

Ein noch gewaltigeres Erlebnis traf uns beim Besuch eines »Bavarian October Festival with beer drinking«, zu dem uns die Schwester des Freundes einlud. Eine Trachtenkapelle spielte flott, und alle Mitglieder der Band schrien alle fünf Minuten »Proust!« Mit blauen Trachtenhüten, einen halben Meter hohen künstlichen Gamsbärten, roten Hemden, orangefarbenen Lederhosen und grünen Wadlstrümpfen erzeugten sie einen tiefen Eindruck bayerischen Brauchtums.

Nachdem sie noch glaubhaft und überzeugend den Hit aller seligen Biertrinker intoniert hatten, *In Munich is a Hofbreihaus,* stellte sich heraus, dass keiner von ihnen jemals in unserer Gegend gewesen war.

Das Allerbeste jedoch bezog sich auf das überschwänglich besungene bayerische Volksgetränk. Es wurde in Mini-Pappbechern ausgeschenkt und unterschied sich nur durch eine leicht gelbliche Farbe von Leitungswasser. Man hätte höchstwahrscheinlich einen Hektoliter des Gebräus trinken müssen, um davon angeheitert zu werden.

Eines muss man jedoch sagen, es handelte sich bei den Bandmitgliedern um herzliche, aufgeschlossene Burschen, und ihr nächstes Urlaubsziel war das Münchner Oktoberfest. Unser Ratschlag an sie: »Nehmt eure Instrumente und eure Trachtenausrüstung mit. Bestimmt könnt ihr im Bierzelt bei jeder Kapelle tapfer und munter zum Pläsier des Publikums mitblasen, wenn ihr noch nüchtern seid.«

Ein ganz anderes Spektakel erzeugten wir auf jener späteren, zweiten Kanadareise in den abgelegenen Rockys.

Zwischen den Sulphur Mountains, einem Teil dieses Gebirgsstockes, fand sich nach erschöpfend schweißtreibender Ochsentour bis an die Dreitausendergrenze ein Naturschwimmbad. Es herrschte reger Betrieb.

Unser einfallsreichster Spezi packte seine Angelrute aus und warf den Fliegenköder zwischen die fleißig vor sich hinrudernden Wassersportler.

Einer der Guides, die auf beiden Seiten des Beckens mindestens fünf Meter hoch oben mit Adleraugen die Wacht ausübten, wäre beinahe von seinem Beobachtungsgestell gefallen. Im Schweinsgalopp stürzte er auf den Frevler zu. Unser Gaudibursch deutete aber nur lachend auf die rückwärtige, balkonartige Brüstung, auf der einer von uns diese ungewöhnliche Szene mit Super-8-Kamera filmte. »Das kommt in Bavaria im Fernsehen«, erklärte er dem verdutzten Kameraden. Der war sofort stark begeistert und als neuer, persönlicher Freund gewonnen. Ganz anders als heutzutage mit Facebook.

Aber zurück zum »Eaton« und in die früheren Tage zwischen Weihnachten und Silvester in Toronto.

Unser Bedarf an weihnachtlichem Kaufhaustreiben war gedeckt. Ein Ausflug stand in der Planung.

Die Schwester des Freundes hatte einen teuren, schicken amerikanischen Straßenkreuzer. Der Kühlergrill erinnerte an das Gebiss eines mordlustigen Haifischs. Zierleisten und überdimensionierte Heckflossen rundeten das eindrucksvolle Bild ab. Bereits damals war die Edelkutsche wunderbar mit erster, jedoch unvorhersehbar wirkender Elektronik ausgerüstet.

Während der Fahrt zu den Niagarafällen öffnete sich alle fünf Minuten der Kofferraum per Automatik. Nach weiteren fünf Minuten schloss er sich wieder. Mittendrin spielte plötzlich das Radio in einer Lautstärke, dass uns beinahe die Ohren weggeflogen wären. Dann sauste die Radioantenne unaufhörlich minutenlang auf und ab.

Kurz vor den Niagarafällen streikte das chromglänzende, mindestens acht Meter lange Ungetüm.

Die Abschleppdienste sind aber dort wesentlich schneller vor Ort als bei uns. Unsere Gastgeberin klärte uns auf: »Jetzt habe ich das neue *car* bereits zum achten Male in der *garage.«* Die *garage,* das ist dort die Reparaturwerkstätte.

Die Schwester unseres Freundes war eine rührige Geschäftsfrau. Neben einer speziellen Dachdeckerei mit dem bestens gehüteten Geheimnis für wasserdichte Flachdächer erstreckten sich ihre Ambitionen auch auf andere Geschäftszweige.

Und so unwahrscheinlich es klingen mag, erklärte sie uns: »Mozart ist auf der Reise nach Kanada.« Sie hatte in Toronto eine kommerzielle Lücke entdeckt. In bester Lage der Stadt eröffnete sie das Café »Mozart«. Wir waren dabei.

Sie hatte einen Spinettspieler mitsamt Spinett aufgetrieben. Der spielte zu echt Wiener Kaffee und beinahe echten Sachertorten flotte Weisen wie *Warum ist es am Rhein so schön.* Alle Gäste einschließlich uns zeigten ihre Begeisterung bei Wiener-Walzer-ähnlicher Untermalung zu flotten Tanzbeinschwüngen. Die eindrucksvolle Dekoration aus reichlich Rüschen, Kunstzierleisten und Plastikmozartbüste erzeugte einen rokokoartigen Eindruck.

Ein andermal, es war der Silvesterabend, waren schon Wochen vorher Plätze im damals noch höchsten Bauwerk der Welt gebucht worden.

Der CN-Tower, der Fernsehturm von Toronto, besitzt immerhin sogar heute noch eine Höhe von 553 Metern. Zumindest sofern er inzwischen nicht geschrumpft ist.

Auf 351 Metern Höhe liegt ein feudales Drehrestaurant mit über 400 Plätzen, das sich im Zeitlupentempo um die eigene Achse bewegt. Das geht wesentlich langsamer als in einem Karussell, sodass so leicht niemandem von uns schlecht werden konnte. Da kann man bequem von dieser überragenden Warte aus auf den Ontariosee hinabblicken oder dank einschlägiger Hinweise die Schauplätze von ehemaligen Kriegshandlungen und Raufhändeln mit Indianern bewundern.

Die Silvesterfeier mit echtem *beer from Southern Bavaria* sowie auserlesenem Rieslingwein vom Rhein entwickelte sich zunächst etwas steif. Nach Überwindung von Sprach- und Hemmschwellen wurde es aber beinahe »zünftig«. Man bedrängte uns sogar, das berühmte »alpenmäßige Kurzlied ohne Text« zum Besten zu geben. Gemeint war ein Jodler.

Obwohl der nicht besonders gut gelang, hatten wir großen Erfolg damit.

Weihnachtsferien in Afrika

Wir flogen durch eine Nacht voller unheilschwangerer, pechschwarzer Wolken, aus denen es unaufhörlich blitzte und krachte. Die weihnachtliche Einstimmung, der Schnee und der Heilige Abend am Vortag blieben total auf der Flugstrecke. Das Ziel war Windhuk, Namibia. Ein gewaltiges Tropengewitter schüttelte die Maschine so kräftig, dass die gesamte Einrichtung ächzte, wimmerte und knirschte. Glücklicherweise verdrängt man die Gefahr einer Notlandung, jedenfalls zu Beginn von Turbulenzen, später so lange wie möglich.

Ich fragte die aufmerksame, hübsche Stewardess vorsorglich: »Sind die Schwimmwesten auch wirklich wasserdicht? Oder müssen wir uns von den Nichtschwimmern bereits verabschieden? Was tun, wenn diese Überlebenshilfen durch einen Blitzschlag unbrauchbar werden oder beim Absturz aufreißen? Darf man die Sauerstoffmaske im Wasser abnehmen? Sind da unten scharfe Haifische zu erwarten? Haben Sie eine CD mit dem Choral ›Näher, mein Gott, zu dir‹ an Bord?«

Im folgenden, rüttelnden Anflug auf Abijan, Elfenbeinküste, zur Zwischenlandung, sprach uns der Herr Kapitän Mut und Glauben an moderne Technik und Routine zu. Doch über Land im Tiefflug wäre leider sogar die gesamte, aufschlussreiche Vorführung mit den Sauerstoffmasken und Schwimmwesten völlig umsonst gewesen, es sei denn, der Herr Kapitän hätte ein ausreichend großes Binnengewässer entdeckt.

Kurz vor dem Aufsetzen machte das Flugzeug einen gewaltigen Satz, und wir stiegen wieder hoch. Das Ganze wiederholte sich. Erst beim dritten Versuch kamen wir bedenklich unsanft und mit erheblicher Schlagseite auf. Regenwasser zischte und schäumte an den Fenstern vorbei. Rüttelnd und schwankend bequemte sich der große Vogel langsam zur Ruhe. Ein gewaltiges Aufatmen brach sich Bahn. Aber nur ein paar Fluggäste konnten die letzte Mahlzeit nicht länger behalten.

Wie das jedoch in Afrika anscheinend so der Brauch ist, stoppte der Tropenregen abrupt, und die frühe Morgensonne heizte und blendete alle Passagiere umgehend beim kurzen Aufenthalt auf dem Flugfeld. Zum Glück war fast jeder mit einer Sonnenbrille ausgerüstet.

Damals durften Flugzeuge mit Ziel Südafrika sowie seiner fünften Provinz Namibia nur auf den Kapverden oder in der Elfenbeinküste zum Auftanken zwischenlanden. Das lag an der bornierten Apartheidpolitik der Burennachfolger. Alle anderen Afrikaner waren überhaupt nicht gut zu sprechen auf diese sturen Kameraden.

Die restlichen Flugstunden bis zu unserem Ziel am Zweiten Weihnachtsfeiertag verliefen sanfter. Sogar die Landung hätte man sich keinesfalls weicher vorstellen können. Das waren wir nicht mehr gewohnt.

Später saßen wir – drei Bergkameraden und der vierte als Gastgeber mit Frau, Tochter und zwei gewaltigen, scharf aussehenden Hunden – auf der Terrasse eines Bungalows in einem Vorort von Windhuk bei circa plus 40 Grad Celsius. Unser Freund war als Deutsch- und Englischlehrer im Lande für fünf Jahre verpflichtet, den jungen Leuten etwas beizubringen. Es handelte sich erstmalig um eine Klasse auch mit schwarzen Kindern. Das hatte sich damals die deutsche Regierung, die das Ganze finanzierte, ausbedungen und rigoros durchgesetzt.

Für unseren Lehrerfreund gestaltete sich die gesamte Einladung von Anfang an als wirklich hervorragendes Abenteuer. Wie sich noch zeigen wird, hatte man ständig mit tollen Überraschungen zu rechnen.

Auch das gesamte Weihnachten in Afrika zeigte sich offensichtlich etwas anders als bei uns zu Hause, weil hier solche Traditionen ganz verschieden begangen werden müssen. Als Christbaum stand eine distelartige Pflanze in der Ecke des Wohnzimmers. Da konnte auch die Dekoration mit einigen bunten Kugeln und etwas Lametta wenig Feierliches ausrichten. Originell dabei zeigte sich der zusätzliche, exotische Behang, bestehend aus den dunkelbraunen, bohnenartigen Früchten des Affenbrotbaumes.

Unser Freund ging in das Haus zum Kühlschrank. Aber statt einer Flasche Bier holte er für jeden von uns einen Scholadennikolaus hervor. »Wenn der nur zehn Minuten hier im Freien auf der Terrasse ungegessen steht, schmilzt der Kerl wie Butter. Gerade um diese Zeit haben wir Hitzehochsaison. Auch die Weihnachtskerzen lagern immer bis zum Heiligen Abend im Kühlen.«

Bereits am nächsten Tag hatte mich der Mythos Afrika voll erfasst.

Schon früh joggte ich durch einsame, palmengesäumte Straßen, an denen sich hinter hohen Zäunen und Hecken feudale Herrenhäuser verbargen und sich grausig-lautes Hundegebell von Villa zu Villa fortpflanzte. Im glasigen Morgendunst stieg die Hitze. Exotische, kahle Bergrücken in der Ferne und eine Ansammlung von Wellblechhütten tauchten auf. Wild blickende schwarze Gestalten beobachteten mich, als ob sie sagen wollten: »Was will dieser blödsinnige, verirrte und verwirrte Trottel hier?«

Ich grüßte so lange freundlich winkend und mich verbeugend, bis hin und wieder ein Grinsen der Beobachter die Stimmung milderte.

Offensichtlich erschien ich in meiner farbigen Gewandung tatsächlich wie ein lustiger, eigenartiger bunter Hund oder vielleicht wie ein ausgekommener Kanarienvogel.

Es gab nirgendwo und keinerlei Anzeichen von weihnachtlichen Gefühlen oder Zeichen bei diesen Leuten.

Später überschütteten mich die besorgten Gastgeber mit Vorhaltungen. So mancher Weiße hatte schon schlechte Erfahrungen in den Townships sammeln müssen, vorausgesetzt er überlebte. Aber wer möchte schon gerne in einer Wellblechhütte hausen, wenn er ständig sieht: Es geht auch anders.

Dann rüsteten wir zum Aufbruch. Auf der Fahrt durch die unbekannte, wüstenhafte Weite und über den Gamsbergpass mit alpenähnlichen Felsen tuckerten wir auf einsamer Schotterstraße durch eine faszinierende Landschaft.

»Entfernungen werden hier ganz anders eingestuft als bei uns. Man hat Zeit, viel Zeit«, so philosophierte unser Wahlafrikaner auf fünf Jahre. In Richtung Swakopmund erschienen die dortigen Dünen wie mit einer Weichzeichnerlinse fotografiert am Horizont. An Postkartenmotiven mangelte es in diesem Lande nirgends, das muss man schon sagen.

Dann standen wir vor einem Unikum von Lokomobil aus früher deutscher Wertarbeit, das es damals anscheinend nur kurz über das Ortsende hinaus geschafft hatte. Made in Germany war nicht immer erfolgreich. »Hier stehe ich, weiter komme ich nicht«, könnte darauf ein abgewandeltes Lutherzitat zutreffen. War es technisches Unvermögen, war es Wassermangel? Wer weiß das schon, nachdem die deutsche Besatzung so viele Jahre vorbei ist.

Und plötzlich fanden wir uns in der Zeit vor dem Ersten Weltkrieg wieder. Gründer- und Jugendstilhäuser, Straßennamen, die sich auf Politiker wie Bismarck bezogen, und überhaupt eine eigenartig deutsche Atmosphäre traf uns wie aus einem historischen Film. Und die Schauspieler lernten wir ebenfalls kennen, als Besitzer in Boutiquen, antiquarischen Läden und Andenkengeschäften. »Echte« Deutsche, die anscheinend aus der Kaiser-Wilhelm-Zeit übrig geblieben waren. Aber die karge Umgebung der Namib-Wüste, freundliche schwarz gefärbte Menschen und der Provinzname Erongo ließen uns nicht vergessen, wo wir uns befanden.

Zur Bleibe für die folgende Nacht diente eine Ferienholzhütte sehr nahe am Meer. Das zeigte sich auch im Inneren, wo das Wasser knöcheltief stand.

Aus Frust über die feuchtschwüle Unterkunft und um die frohe Weihnachtszeit nachzufeiern, sprachen wir dem süffigen Kapwein mehr als genug zu. Der erweckte gefährliche, lebhafte Geister in uns. Am Brandungsrand kämpften die Kameraden und ich zur Abkühlung bis zur Erschöpfung gegen circa drei Meter hohe Atlantikwellen.

Am nächsten Morgen lasen wir einen Anschlag an der Hüttenaußenwand, der uns dahingehend aufklärte, dass sich schon so mancher fröhliche Tourist im Rücksog der Wellen auf Niemehrwiedersehen verabschiedet hatte.

Wieder unterwegs durch das ehemalige Hereroland und weitab jeder Siedlung, kampierten wir in einem ausgetrockneten Flussbett nahe den Brandbergen. Das Kreuz des Südens strahlte beruhigend.

Anscheinend durch unser Lagerfeuer angelockt, erschienen mehrere dunkle Gestalten im Schein des Feuers. Gut ausgerüstet mit Stöcken und einem alten, martialischen Vorderlader erzielten sie einen verwegenen Eindruck.

Es handelte sich um Hereros, und aufgrund der deutschen Kolonialgeschichte, die diesem Stamm in keiner erfreulichen Erinnerung sein kann, schwante uns nichts Gutes.

Der Anführer machte trinkmäßige Bewegungen und rief mit gutturaler Stimme: »Birr!«

Glücklicherweise hatten wir vorgesorgt und uns mit einer Batterie von Zweiliterflaschen Winhoek-Weihnachts-Lager-Stark-Bier eingedeckt. Die Burschen setzten sich leutselig zu uns und parlierten mit mehreren deutschen Ausdrücken sowie Sprüchen. Unser Biervorrat war schnell im Abnehmen begriffen. Wir beteuerten vorsorglich und nachdrücklich, dass wir ohne erneute Kolonisierungsabsichten zu Besuch hier wären.

Der Vorderlader, so wurde uns bedeutet, könne seit dem Hereroaufstand von 1904 nicht mehr abgefeuert werden, weil das Rohr einen Sprung aufweise. Er habe aber seitdem nie den beabsichtigten Eindruck verfehlt. »Birr gut, Gewerr gut!«, grinsten die dunklen Genossen.

So kamen wir im abgelegenen Niemandsland unverhofft zu trinkfesten Freunden, die uns am Morgen nur ungern weiterziehen ließen.

Unter den Sehenswürdigkeiten ist vor allen Dingen der Naukluft-Nationalpark zu erwähnen.

Leider haben auch hier die Deutschen negativ gewütet. In der kurzen Kolonialzeit brachten sie es fertig, mit einer geringen Anzahl von eifrigen Soldaten die nachvollziehbaren Aufstände der Eingeborenen zu unterdrücken. Die Naukluft als Zufluchtsgebiet der Nama-Stämme konnte allerdings über zwei

Jahre von den Kolonialherren nicht eingenommen werden.

Eine ganztägige Wanderung in diese aufsteigende Traumlandschaft führte uns an Felswänden und Sinterbecken vorbei. Zur Abfrischung entschlossen wir uns, nacheinander in so eine große Badewanne zu springen. Mit angezogenen Beinen – diese Sprungvariante wird in Bayern mit »Arschbombe« bezeichnet – plumpsten wir hinein. Am anderen Ende bemerkten wir eine schwarze Mamba, wie sie eilig den Schauplatz verließ. So etwas hatte sie offensichtlich noch nie erlebt.

Eine Pavianfamilie folgte uns längere Zeit und versuchte immer wieder mit uns Kontakt aufzunehmen. Wir lehnten aber jede Ähnlichkeit mit diesen aufdringlichen Hominiden – die nicht abzuleugnenden gemeinsamen Vorfahren einmal ausgenommen – von vornherein ab.

Der Gründlichste von uns Freunden wollte dann dem Phänomen einer sich bewegenden Felswand näher auf die Spur kommen.

Als er bis auf circa fünf Meter dort war, machte er einen Riesensatz und rannte in Rekordtempo zurück. Die verfolgende Schwadron von Wildbienen oder Wespen kehrte jedoch glücklicherweise rechtzeitig um, bevor uns schweres Unheil erwischt hätte.

Das Geheimnis war aufgeklärt. Um einige schmerzhafte Stiche an seinem Rückgebäude zu kühlen, zog der Freund sofort wieder seine Beine an und klatschte in bewährter Sprungvariante in den nächsten Tümpel.

Zufällig fanden wir dann abseits vom Pfad mehrere Patronenhülsen sowie beim Erforschen einer versteckten Höhle sogar ein einigermaßen erhaltenes Gewehr früherer deutscher Bauart. Der Lauf war verbogen, man hätte damit fast um die Ecke schießen können. Die Überlegung, ob wir es den Freunden vom Lagerfeuer für ihre Erpressung von Alkoholika bringen sollten, kam nicht zur Ausführung, weil wir keine Adresse hatten. Aber das Museum am Parkeingang und der Verwalter mit Deutsch-Südwester-Vorfahren war hocherfreut.

Zur Silvesterfeier erreichte uns eine Einladung der Brandleute aus Lüderitz. So bezeichneten sich die Feuerwehrmannen dieser Stadt im abgelegenen Süden von Namibia.

Sie rühmten sich, als rein deutsche Truppe die Brandbekämpfung und damit die vorsorgliche Rettung des Ortes zur übergeordneten Vereinstätigkeit erhoben zu haben. Wann es das letzte Mal gebrannt hatte, wussten sie jedoch nicht mehr so genau.

Aber auch sonst ist der Ort von Wichtigkeit. Außer in Walfischbay gibt es nämlich in ganz Namibia nur noch in Lüderitz einen Naturhafen. Ein findiger deutscher Geschäftemacher fasste hier für Kaiser Wilhelm II. per Dampfer Fuß. Das Gebiet wurde durch den Kaufmann und faulen Trickser namens Adolf Eduard Lüderitz den Eingeborenen 1883 abgeschachert.

Seine Gier nach Bodenschätzen war aber damals noch umsonst. Erst später entstand durch Diamantenfunde für kurze Zeit der damals wahrscheinlich reichste Ort der Welt: Kolmanskuppe. Heute ist der unaufhörlich vor sich hin wandernde Sand dabei, die damalige deutsche Fleißarbeit wieder zu verschütten. Herrenhäuser, Turnhalle und das Schwimmbad mit zerbrochenem Sprungbrett werden bald ein Opfer der Wanderdünen sein.

Die lange Fahrt über Stock und Stein, hauptsächlich auf Sandpisten, an deren Seiten hin und wieder ein Autowrack lag, geriet zum einmaligen Naturerlebnis. Noch dazu hatte es streckenweise gewittermäßig geregnet, was dort um diese Jahreszeit absoluten Seltenheitswert besitzt. Riesige Flächen von Farbteppichen aus weißen über rosafarbene bis hin zu hellblauen und goldgelben Wüstenblumen leuchteten zu Füßen von Pässen und Erhebungen für wenige Tage. Im wabernden Glast der mittäglichen Hitze, die schnell mit den Blumen aufräumte, hoben sich Wildpferde, Zebras und Oryxantilopen gegen den Horizont ab.

Die kleine Ansiedlung namens Aus, 120 Kilometer vor Lüderitz, erreichten wir leider ein paar Wochen vor den Feierlichkeiten zum Geburtstag von Kaiser Wilhelm II. Mit Pickelhaube und Schnauzbart angetan, kam dieser Imperator dort einem Heiligen gleich. Sein Konterfei hing überall herum.

Dann erfuhren wir: Es gab hier schon heftige Schneefälle, aber nur im Juli oder August.

»Warum feiert ihr dann nicht sofort Weihnachten?«, fragten wir die verdutzten deutschstämmigen Leute.

Sie kannten aber ihre Bibel sehr wohl. Denn Palästina, wo der Stall von Bethlehem stand, kennt ja auch kaum winterliche Verhältnisse. Außerdem soll der 24. Dezember zwar eher ein Fantasiedatum für die Jesusgeburt sein, aber so ist nun mal die Tradition. Das behaupteten sie frischweg.

Lag ihre aufmüpfige Art daran, dass sie bekennende Protestanten waren?

Dann fühlten wir uns wieder aufs Neue zurückkatapultiert in die glorreiche deutsche Kaiserzeit. Jugendstilgebäude, Straßennamen und die Brandleute, alles war zeitversetzt und unwirklich.

Der Silvestergalaabend in der Jugendstilturnhalle von Lüderitz, selbstverständlich deutscher Bauart, brachte uns mit Familien zusammen, die ihr Deutschtum wesentlich höher als wir hielten und nachhaltig pflegten. Der Kommandant der Brandleute glaubte immer noch unumstößlich daran, die Germanen und Kaiser Wilhelm hätten Großdeutschland in der gesamten Welt berühmt gemacht. Die Buchtler, wie sie sich nach dem früher üblichen Namen Lüderitzbucht nannten, waren vielleicht die letzten Patrioten dieses Glaubens.

Dann wurde getanzt. Dämliche deutsche Schlager der 1950er-Jahre zeigten wenigstens musikalisch einen kleinen Zeitsprung in Richtung Moderne, zumindest einmal weg von der Kaiserepoche. Schneewalzer und Kufstein-am-grünen-Inn-Lied als wichtiges Musikschaffen für aufbrandendes Heimweh der Brandleute im entlegenen Süden des Landes feierten emotionsgeladen fröhliche Urständ.

Das gute Bier aus der Brauerei von Windhuk, die nur von Deutschen gegründet sein konnte, zeigte sich als hohes Kulturgut unseres Vaterlandes. Qualitätsweine aus Südafrika lehnte man dagegen wegen der ehemaligen englischen Vorherrschaft kategorisch ab, weil auch einige ihrer Vorverwandten nach dem Ersten Weltkrieg von dieser Nation in Konzentrationslagern interniert worden waren.

So verbrachten wir glückliche Stunden mit wichtigen Nachfahren einer hehren deutschen Zeit, die aber selbst zugaben, nur noch als Minderheit im Lande geduldet zu sein. Der letzte aufrechte Mann im Gemeindeparlament war abgewählt worden.

Wir konnten ihnen auch wenig Hoffnung machen, dass der Kolonialgedanke ausgehend von ihrem ehemaligen Vaterland wieder aufkeimen würde. Regelmäßig brachten sie große Enttäuschung von den seltener gewordenen Besuchen in ihrer Ursprungsgegend am grünen Inn mit nach Hause.

Die letzte Weihnachtsferienwoche verbrachten wir auf einem Vorposten in der Namib-Wüste. Ein deutschstämmiger, sympathischer Farmer war der Vermieter.

Er sah einer ungewissen Zukunft entgegen. Nicht nur die zunehmende Trockenheit – es hatte jahrelang nicht mehr geregnet – gefährdete seine Existenz. Auch die Übergriffe auf Farmer europäischer Abstammung, die aus den Nachbarländern bekannt wurden, verhießen nichts Gutes. Die schwarze Bevölkerung probte den Aufstand. Heute wissen wir, dass die Landreform nach der Unabhängigkeitserklärung von Namibia glimpflicher als anderswo verlief.

Unsere Unterkunft, ein einfaches Chalet, hatte historische Wurzeln bis zurück in die unabhängige Buschmannzeit. Hier war immer schon der letzte Brunnen vor einer der trockensten Wüsten der Welt. Der Name, den die Einheimischen dem Ort gegeben haben, bedeutet übersetzt »Letztes Wasser«. Auch die Deutschen schürften von hier aus im heißen Sand nach Diamanten.

Unsere Ausflüge mit dem Allradgefährt steigerten sich und führten in endlose Weiten. Zwischen den romantisch-einsamen Bushman Hills und auf bonbonfarbenen Dünen verloren wir dann eines Abends jede Orientierung.

Man glaubt immer, sich tagsüber nach der Sonne und nachts nach den Sternen richten zu können. Durch bestandene Abenteuer in anderen schwierigen Gegenden fühlten wir uns recht erfahren in solchen Dingen.

»Ja gibt's denn so was auch, wir sind doch nicht auf der Brennsuppn dahergschwommen!«, meinte unser sonst recht kundiger landerfahrener Führer, der des Bayerischen auch nach fast fünf Jahren Afrika noch voll mächtig war. Leider zeigte sich unser Wasservorrat als viel zu gering, und die fünfjährige Tochter wollte endlich ins Bett. Das Wort Durst vermieden wir lange geflissentlich.

Unser Leichtsinn rächte sich erheblich. Aufgebrochen um die Mittagszeit, irrten wir um Mitternacht immer noch hilflos durch die Wüste. Anscheinend zogen wir immer weitere Kreise, weil die Gegend und die Berge fremd und alsbald noch fremder erschienen.

Irgendwann erwischten wir jedoch zufällig den Radius zu den Kreisen. Im Morgengrauen erschien undeutlich ein Licht. Wir hielten darauf zu. Es war die Laterne vor dem Chalet. Der besorgte Besitzer hatte sie vor der Rückkehr zur Farm brennen lassen.

Unser letztes großes Abenteuer im ziemlich unweihnachtlichen Namibia erlebten wir auf einer über 80 Kilometer langen Trekkingtour durch den zweitgrößten Canyon der Welt: den Fish River Canyon. Damals stand noch kein *recreation center* am Abstieg zum etwa 600 Meter tiefer fließenden Fluss. Die nächste Ansiedlung befand sich mehr als 40 Kilometer entfernt.

Ein weiterer Lehrer aus der deutschen Schule von Windhuk, ursprünglich aus Hamburg, wollte mit uns die Tour wagen. Ausführlich erzählte der neue Kumpel von schwindelnden Bergtouren und strapaziösen Radfahrten in abgelegenen Ländern. Wir glaubten ihm.

Bedenklich stimmte uns aber seine überdimensionierte Ausrüstung. Sie dürfte sich auf etwa einen knappen Zentner belaufen haben. Allein seine Taschenlampe wog mindestens zwei Kilo, und sein Zelt hätte leicht uns alle sowie ein paar Leute mehr aufnehmen können oder wäre vielleicht für einen kleinen Zirkus geeignet gewesen.

Bereits nach dem beschwerlichen, felsdurchsetzten Abstieg zeigte er schwere Ermattungserscheinungen. Im sandigen Auf und Ab neben dem rauschenden Fluss verlor er nach wenigen Kilometern seine letzte Energie.

Wir biwakierten an einer romantischen Stromschnelle. Fremde Tierlaute und der Respekt vor den vielen giftigen Schlangen dieser Gegend verursachten einen geringen Schlaf.

Dummerweise hatten wir von den Brandleuten aus Lüderitz noch eine Broschüre mit auf den Weg bekommen, die mindestens 20 der giftigsten Kriechreptilien des Landes schön bunt bebildert beschrieb. Es hieß zwar, dass die meisten bei der Begegnung mit Menschen Leine ziehen würden. Wir dachten dabei an die scheue schwarze Mamba. Aber das ging sicher nicht immer so harmlos und ohne vollständige Einbuße der Gesundheit vorbei. Außerdem waren wir zu Beginn des Unternehmens darauf hingewiesen worden, dass uns niemand retten könnte, wenn so ein Giftwurm sich zum Zubeißen entschlossen hätte.

Es blieben da auch noch verschiedene besonders aggressive Kreaturen, die man überhaupt nicht einschätzen konnte. Zum Beispiel sollte es hier Spukschlangen auf Kakteen, Tamarisken und Köcherbäumen geben. Ihr Gift macht für mindestens 14 Tage vollkommen blind. Wir führten jedoch weder Blindenhunde noch entsprechende Armbinden oder weiße Taststöcke mit uns. Aber selbst wenn, hätte das nicht ein trauriges Bild in dieser unwirtlichen, abgelegenen Gegend ergeben?

Am nächsten Morgen ergab die Überprüfung unserer Stiefel: Ausgerechnet in der Fußbekleidung unseres angeschlagenen Freundes wurde ein kleiner schwarzer Skorpion gefunden, der uns unschuldig anglotzte, aber bereits seinen Stachel gewetzt hatte.

Das gab ihm, dem Freund aus Hamburg, den Rest. Mühsam und fiebrig schleppte er sich noch die etwa fünfzehn Kilometer bis zur einzigen Ausstiegsmöglichkeit aus dem Canyon.

Wir ließen ihn ungern in seinem Zustand ziehen, aber er bestand darauf: »Bevor ich an einem Schlangenbiss oder Skorpionstich verende, verdufte ich lieber.« Einige seiner unnötigen Ausrüstungsgegenstände verteilten wir auf unsere Rucksäcke, damit ihn die Schwerkraft beim Aufstieg nicht sofort wieder nach unten zog.

Am zweiten Tag – zu Hause feierte man die Heiligen Drei Könige – nahm bei mir der Durst überhand. Während die übrigen Freunde das Wasser aus dem Fluss am Abend abkochen wollten, fühlte ich mich bereits stark als einer der Einheimischen. Und die waren jedes Flusswasser gewöhnt.

In der Mitte des Gewässers, wo die stärkste Strömung herrschte und die Illusion von sauberem Wasser in mir entstanden war, ließ ich mich volllaufen.

Bereits gegen Abend musste jedoch der Glaube an die Zugehörigkeit zu einem hier beheimateten, abgehärteten Stamm revidiert werden. Immer wieder verschwand ich hinter tarnenden Büschen und Erhebungen. Es war nicht angenehm.

Aber nicht nur deswegen zeigte sich unsere Tortour recht beschwerlich. Häufig zwangen Engstellen zur Durchquerung des Flusses. Das Wasser quatschte aus den Stiefeln. Ein ewiges Aus- und Anziehen wurde nämlich bald eingestellt. Sonnenbrände trafen ein, und im ständigen Auf und Ab des Sandes machten sich Blasen an den Fersen bemerkbar.

Trotzdem blieben wir guter Dinge und genossen das wilde Leben zwischen den romantischen Felswänden ausführlich.

Im letzten Abendschein und über dem Lagerfeuer glühte das Gestein weinrot, bizarre Köcherbäume und Kaktusformationen grüßten uns auf Afrikanisch an den Ufern.

Die letzte Etappe aus dem breiter werdenden Canyon hatte es mit etwa 20 Kilometern und sengender Hitze bei mindestens 40 Grad in sich. Gegen Abend erreichten wir mit hängenden Ohren und ziemlich ausgepowert Ai-Ais. Das ist buschmännisch und bedeutet »heißes Wasser«.

Und tatsächlich tritt es hier vulkanaufgeheizt aus dem Berg hervor. In einer damals kürzlich erbauten Halle war diese gesundbrunnenartige Erscheinung gefasst worden, und wir genossen die sprudelnden und brausenden Möglichkeiten ausgiebig.

Anschließend trugen wir leider daran Schuld, dass die Bierversorgung ausgesetzt werden musste. Eine endlose Batterie leerer Flaschen enttarnte unsere Herkunft bei den anwesenden Einheimischen. Sie wussten sofort über uns Bescheid und darüber, was Bayern und das Oktoberfest in der ganzen Welt bedeuten und wie berühmt das ist. Einmal das zu erleben, wäre – so erklärten sie uns – für sie das tollste Abenteuer überhaupt.

Man könnte dazu sagen: Schöner ist es anderswo, denn hier sind sie ja sowieso.

Da konnten sie unsere Gewalttour und die Lobpreisung von ursprünglicher Natur ihres Heimatlandes überhaupt nicht beeindrucken.

Schon am nächsten Tag standen dann leider die Zeichen auf Rückkehr zum Flughafen von Windhuk. Im Gegensatz zu ihrer Lebenseinstellung spielte die Zeit bei uns eine ganz andere, unerbittliche Rolle. Das war uns zumindest so beigebracht worden.

Wir wurden von den lieben Leuten herzlich verabschiedet und umarmt. Kinder winkten und sangen irgendein melancholisches afrikanisches Trennungslied, mit rhythmischen Klicklauten verstärkt. Ziemlich bewegt blieb uns klar: Es war höchstwahrscheinlich auf Nimmerwiedersehen!

Heute, längst wieder zu Hause, oder in einer Gedenksekunde auf dem Oktoberfest, sind uns Namibia und die schwarzen Freunde oft wieder ganz nahe.

Die unverhofften Geschenke

Das Ganze geht zurück bis in die Grundschulzeit. Und schon muss dazu weiter ausgeholt werden.

Früher nannte man diese Form der Bildung Volksschule, und die Benotung hatte nur fünf statt heute sechs Stufen. Auch der gesamte Schulbetrieb war viel robuster und weniger detailliert als später.

Unsere Klasse bestand aus knapp 60 männlichen Kameraden und einem betagten Lehrer, der aus der Pensionierung zurückgeholt worden war. Kriegsbedingt fehlender Nachwuchs machte sich noch länger bemerkbar.

Indem ich Lehrer sage, hätte ich damals bereits eine kräftige Ohrfeige eingesteckt. »Ich bin Hauptlehrer, merke dir das gut!«, so seine Richtigstellung.

Notgedrungen wurde durch ihn das große Einmaleins so einprägsam gepaukt, dass ich noch heute davon zehren kann.

Als erste Übung, während in anderen Klassen weithin hörbar das Morgengebet mehr oder wenig andächtig heruntergeleiert wurde, diktierte er seine Kopfrechenaufgaben. Nach fünf Sekunden klopfte er mit dem Bleistift auf den Tisch. Wer dann noch schrieb, holte sich seine erste Ohrfeige des jungfräulichen Tages ab. Das Gleiche zog ein falsches Ergebnis nach sich.

Hier muss noch eingeflochten werden, dass er der Besitzer von eindrucksvollen, klodeckelgroßen Händen war. Wir sprachen damals von Pratzen. Mit seinen überlangen Armen und leicht gebeugtem Rücken hatte er damit beim Marschieren beinahe Bodenberührung.

Bereits nach wenigen Wochen hätte der große Rechenmeister Adam Riese höchstwahrscheinlich seine helle Freude an uns gehabt.

Das soll aber keineswegs heißen, dass diese Lerntechnik wieder in die heutigen Ausbildungsmethoden eingebaut werden müsse.

Es könnte auch gar nicht mehr funktionieren. Die junge Generation installiert da sofort eine Mobbing-Facebookseite oder würde überhaupt nie mehr von ihrem i-Phone aufblicken. Der gesamte Lehrkörper hat es heutzutage auch so schon schwer genug.

Der Sportunterricht war damals besonders eigenartig. Die gesamte Klasse – der erstaunlich fitte alte Herr voraus – lief etwa fünfzehn Minuten bis zum Sportplatz. Dort wurde in Reih und Glied angetreten.

Daraufhin sollte jeder 20 Kniebeugen und 20 Liegestützen absolvieren. Und so entstand die Sportnote. Wer weniger als zehn dieser Übungen schaffte, erhielt eine Fünf.

Anschließend trabte die ganze Bande einmal um die Aschenbahn. Dieser Name bezog sich auf die abgebrannte Kohleschlacke, aus welcher der Rundkurs bestand. Heute weiß man, dass dieses Zeug mit Arsen und Schwermetallen verseucht ist.

Dann ging es wieder zur Schule zurück.

Im Winter forderte uns der sportliche Mann im Schulhof zu einer Schneeballschlacht auf, durfte jedoch selbst nie getroffen werden, obwohl er kräftig mitwirkte. Bei Missachtung dieser Regel zog er einen Handschuh aus, und seine klodeckelartige Pratze kam zum Einsatz. Oder es gab eine gründliche Einreibung mit dem frisch gefallenen Schnee.

Noch eindrucksvoller gestaltete sich der Gesangsunterricht. Jeder von uns musste die erste Strophe des Jägerhetzliedes »Frisch auf die Jagd hinaus« vortragen. Je lauter und frischer die Töne geschmettert wurden, desto besser fiel die Benotung aus. Wir schrien uns die Seele aus dem Leib, und keiner lag mehr unter einer Zwei.

Nahte der Advent, wurde der gute Mann jedoch rührselig. Das minderte zunächst seine Tatkraft keineswegs. Er holte seine Geige hervor und strich mit so viel Energie über die Saiten, dass beinahe jedes Mal mindestens eine das Zeitliche segnete oder die Fransen vom Bogen durch die Luft wirbelten.

War dadurch die Geige momentan unbrauchbar geworden, so holte er eine verbeulte Trompete aus dem Schrank, und wir erschauerten bei jedem Ton, den er dem Instrument entlockte.

Aber dafür erklang anschließend seine Stimme zur Interpretation eines salbungsvollen Weihnachtsliedes, ähnlich wie die von dem Wolf, der Kreide gefressen hatte, aus dem Märchen. Im Gesangsfach würde man von Countertenor- oder Falsettlage sprechen. Das wirkte bei dem hünenartigen, grobschlächtigen Typen besonders befremdend.

Bei seinem Favoritensong aus dem unendlichen Angebot der Weihnachtslieder durften wir nur vorsichtig, aber ausdauernd zur Untermalung mitsummen, während er einfühlsam flötete: »Süßer die Glocken nie klingen als zu der Weihnachtszeit. 's ist, als ob Engelein singen wieder von Frieden und Freud …« Diese einfühlsame Weise von dem Theologen Friedrich Wilhelm Kritzinger und von 1830 ergriff auch uns immer wieder sehr tief.

Dazu hatte er vom Bauernhof seines Bruders verschieden gestimmte Kuhglocken mitgebracht. Auch einige Perkussionsinstrumente wie Trommeln und Rumbakugeln besorgte er zur Vervollständigung des Klangkörpers. Aus diesen Zutaten bestand unser weiterer Beitrag zur frohen, süßen Melodie.

Die gesamte Kompositionsinterpretation erinnerte stark an das weltweit berühmte Gamelanorchester aus Bali in Indonesien. Leider trafen diese unsere Einsätze und Bemühungen nur so ungefähr die richtigen Tonlagen und Rhythmen, aber der voluminöse Eindruck war frappierend. Da wäre bestimmt sogar ganz Bali erstaunt gewesen. Die ungewöhnliche Fistelstimme des Herrn Hauptlehrers drang aber souverän als Führungslinie durch das Chaos.

Heute würde man das Ganze als gelungenes Happening bezeichnen. Ein Auftritt mit dieser Performance, eventuell mit einer nackten Tänzerin oder gar mit dem unbekleideten Herrn Hauptlehrer, sagen wir zum Beispiel im Deutschen Theater, wäre sicher von überwältigendem Erfolg gekrönt. Das, so sieht es aus, schaffen heutzutage sonst nur ganz ausgefallene, moderne Intendanten und Regisseure mit ihren Einspielungen.

Obwohl von unserer Seite damals natürlich niemand nackt auftrat, hätte das vielleicht dem Ganzen noch die Krone aufgesetzt. Da wären mit Sicherheit sogar die Regensburger Domspatzen vor Neid erblasst.

Andere Ereignisse trugen dazu bei, dass es nie langweilig werden konnte.

Eine lobenswerte Einrichtung der amerikanischen Sieger noch Jahre nach dem Krieg war die Installierung der sogenannten Schulspeisung. In der Pause stand ein großer Kessel mit Eintopf oder Erbsensuppe bereit. Jeder Schüler bekam vom Hausmeister eine Portion in das mitgebrachte Kochgeschirr.

Und da begab es sich eines Tages, dass der Herr Schulrat zur Inspektion erschienen war. Angetan mit Tegernseer Tracht, beugte er sich zu weit über den Speisenkessel. Daraufhin verschwand sein Hut samt Adlerflaum in der Suppe.

Außer ihm bemerkte es zunächst niemand.

Wie einige andere Lehrkräfte nahm auch der sparsame Herr Hauptlehrer hin und wieder an der Schulspeisung teil.

Ausgerechnet als er an der Reihe war, schöpfte der gute Hausmeister im Beisein vieler Zeugen den

Trachtenhut wieder aus dem Kessel hervor. Deshalb blieb der Vorgang nicht unbemerkt und bewirkte noch lange so manchen verstohlenen Lacher quer durch alle Klassenzimmer.

Unser Schulmeister nahm die Trophäe als willkommene Beute mit nach Hause. Von da an erschien er wie selbstverständlich immer wieder schneidig mit Tegernseer Kopfbedeckung.

Trotz seiner eigenartigen Lehrtätigkeit war der Herr Hauptlehrer nicht unbeliebt. Damals gab es keine besseren Voraussetzungen im Schulbetrieb, und die Erziehungsmethoden waren von höchster Stelle sanktioniert. Wir kannten es nicht anders.

Besonders erfreute und beeindruckte uns der hauptlehrerische Hang zur Unberechenbarkeit mit Überraschungseffekten.

Ließ er sich zum Beispiel von der Wasserzapfstelle im Hausgang einen gut gefüllten Krug bringen, so trank er ihn nur zur Hälfte leer. Nach einiger Zeit schüttete er plötzlich die andere Hälfte über unsere Köpfe. Das war im Sommer nicht unangenehm. Im Winter aber sehr.

Es kam auch vor, dass er das Fenster aufriss und eine kurze, aber logische Strophe mit seiner Falsettstimme hinaussang. Der Text war leider ziemlich peinlich, und nur ungern erinnert man sich heute daran: »Scheiße im Trompetenrohr kommt Gott sei Dank nur selten vor!«

Ein paar tapfere Eltern erfuhren davon und protestierten schwach bei der Schulaufsichtsbehörde. Sie machten sich dadurch aber nur lächerlich, weil der Herr Schulrat auch ohne Trachtenhut traditionsbewusst und bewährt unbeirrt weiter sein hohes Amt ausübte. Er verbat sich jegliche Kritik.

Eines muss man unserer ungewöhnlichen Lehrkraft jedoch auf alle Fälle zusätzlich zugutehalten: Vielleicht sogar unbeabsichtigt, konnte er manchmal eine gewisse Herzlichkeit nur schwer unterdrücken, und wir erlebten, dass irgendwo ein besonders guter Mensch ihn ihm steckten musste. Den er aber selten herausließ.

Das zeigte sich zum Beispiel anhand der nun folgenden Episode.

Damals weilten nämlich auch noch wirklich echt arme Kinder unter uns. Deren Familien hausten in Flüchtlingsbaracken. Hab und Gut waren durch Kriegseinwirkungen in der ehemaligen Heimat zurückgeblieben.

Dass für diese Mitschüler der Weihnachtsgabentisch leerer nicht sein konnte, war auch klar.

Umso überraschender traf der Herr Hauptlehrer am letzten Schultag vor den Weihnachtsferien in ungewöhnlicher Form ein.

Es rumpelte an der Türe. Wir öffneten nichts ahnend, und wer kam herein?

Es war der Herr Hauptlehrer als Nikolaus.

Eigentlich kam sein Outfit näher an einen Knecht Ruprecht oder an einen Krampus heran, weil er natürlich eine Rute angsteinflößend schwenken musste. Hoch beladen mit weihnachtlich dekorierten Päckchen stolperte er in das Klassenzimmer.

Anscheinend wusste er über den Sozialstatus seiner Schüler, wie auch wir, genauestens Bescheid.

Namentlich wurden die ärmsten Tröpfe unserer Truppe aufgerufen, und – das ist jetzt nicht übertrieben – es gab Freudentränen.

In Erinnerung geblieben ist mir auch noch sein Motto nach einem abgewandelten Zitat seines Lieblingshumoristen, des genialen Zeichners Wilhelm Busch: »Hauptlehrer werden ist schon schwer, Hauptlehrer sein dagegen noch viel mehr!«

Da könnte man passend dazu dichten: »Schüler sein war sehr viel schwerer bei dem total verrückten Lehrer.«

Der Neue und die fröhliche, gnadenbringende Zeit

Erwartungsvoll traf unsere Klasse nach den Sommerferien wieder ein.

Braun gebrannt und gut erholt, aber auch mit dem bangen Gefühl, das gesamte, sauer erlangte Wissen beim Faulenzen oder Fußballspielen wieder vergessen zu haben, harrten wir den Launen unseres Schicksals entgegen.

Wer war der neue Lehrer? Was mussten wir im nächsten Jahr beachten, um einigermaßen unbeschadet zu überleben?

Der gute Mann ließ auf sich warten. So still war es sonst nie in diesem Raum.

Dann kam er herein. Wie es damals üblich war, sprangen wir sofort auf, nahmen Haltung an und grüßten aus voller Brust.

Er zeigte sich viel jünger als alles, was früher aus dem Lehrkörper auf uns losgelassen worden war.

Seine Reaktion für unser drillgewohntes Dasein verblüffte selbst die Hartgesottensten, die schon überlegt hatten, wie sie den Neuen heimlich ärgern könnten.

Grinsend musterte er uns eindringlich.

Es kam uns vor wie eine Ewigkeit. Der Klassendümmste bohrte bereits, wie immer, wenn er aufgeregt war, in der Nase.

Und dann – völlig anders als alles, was bisher zu einem Klassenwechsel auf uns eingestürzt war – ein wunderbarer Befehl: »Hockts euch hin und gebts a Ruah!«

Anschließend begann er zu plaudern wie mit seinesgleichen. Heiteres und Spannendes aus seinem Leben im In- und Ausland ließen uns die Zeit vergessen: Wanderungen auf dem Hochplateau von Tibet (heute spricht man von Trekkingtouren), Abenteuer im Urwald von Brasilien, wochenlanges Vagabundieren im hintersten Bayerischen Wald mit ausgeflippten Freunden – wo der schon überall gewesen war!

Plötzlich – mitten hinein in die spannendsten Ausführungen – schrillte die Glocke, und der Unterricht war zu Ende.

So eifrig und problemlos, ja begeistert, und vor allem so schnell und ohne die geringste Gewalteinwirkung, hatten wir noch nie eine sogenannte Respektsperson akzeptiert. Die landläufige psychologische Weisheit: »Der erste Eindruck ist der tiefste« ist anscheinend doch nicht nur eine Binsenweisheit.

Das Schuljahr verlief in ungewöhnlicher Friedlichkeit. Wir lernten sogar etwas.

Es wurde Herbst. Es wurde Winter.

Unser beliebter Lehrer hatte mit uns inzwischen einen Schülerchor vom Feinsten ins Leben gerufen. Das war jedenfalls unser untrügliches Gefühl.

Wir lernten sogar, wie man mit Noten umgeht, und den Unterschied zwischen Dur und Moll.

Inbrünstig und bewegt sangen wir originelle Volkslieder aus dem umfangreichen gesammelten Liederschatz von dem berühmten bayerischen Musiker und Sänger Kiem-Pauli. Der war mit dem Fahrrad von Bauernhof zu Bauernhof gefahren und hatte längst verschollenes Liedgut wieder ausgegraben und zum Leben erweckt.

So wie es aussah, vor allem auch für uns!

Einmal lernten wir den sympathischen Sonderling sogar anlässlich eines Sängertreffen-Auftrittes im Advent in München persönlich kennen. Unseren Chor lobte er besonders, nicht nur weil wir eines seiner im hintersten Bayern ausgegrabenen Lieder recht passabel sangen.

Sein ehrender, unvergessener Kommentar: »Ihr seids scho a grüabiga Haufa, und singa könnts aa no! Und mit euerm Lehrer habts a Riesenglück!«

Wieder in der Schule, übten wir eifrig ein größeres Repertoire von weniger bekannten gesammelten und komponierten Texten und Melodien dieses ungewöhnlichen Mannes ein.

Unser Lehrer verstand es, auch unmusikalische Talente aufzudecken.

Wem von Natur aus keine Begabung für das Erwischen der richtigen Töne mitgegeben war, der brauchte nicht zu verzweifeln. Diese Knaben wirkten anderweitig zum Gelingen von Auftritten mit. Sie formierten sich im Sprechchor und durften interessante Gedichte und spaßige Reime loslassen. Oder sie vollbrachten einheitlich choreografierte, tanzartige Bewegungen, ähnlich heutigen Backgroundsängern, jedoch tonlos.

In Vorbereitung auf Weihnachten beherrschten wir bereits im frühen Advent mehrere nicht so recht bekannte, aber passende Lieder. Keineswegs so nervenzertrümmerende und abgedroschene (so kam es zumindest uns vor) Weisen wie die mit der stillen Nacht und den Kinderlein, die kommen sollten. Zumal wir ja schon da waren.

Bei größeren Projekten wie Krippenspielen oder Advent-Events wirkten zur Verstärkung auch Sänger aus unserer Parallelklasse mit.

Nebenbei gesagt – und im Nachhinein eigentlich eine Sensation –: In unserer Parallelklasse, im Schulraum genau unter uns, war der später so berühmte Zauberer und Illusionist Siegfried Fischbacher. Damals konnten wir aber noch nichts von seiner späteren, überragenden Karriere an der Seite von Roy ahnen. Er hat bei den erwähnten Anlässen sogar ein paarmal mitgesungen. Obwohl er – wie sich herausstellte – nicht zum Sänger geboren war.

Bereits damals begann er seine Laufbahn in den Pausen und im Schulhof mit Kartentricks und kleinen Zaubereien als überragender Täuscher der Sinne. So kann ich heute immer noch stolz und getrost sagen: Der berühmte Mann war unseresgleichen, war unseres Alters, unser Schulfreund und hat unter uns gewohnt.

Zu einem Schülertreffen der Parallelklasse in einer einheimischen Wirtschaft ist er sogar persönlich mit dem Hubschrauber in seiner Heimatstadt Rosenheim eingetroffen. Unnachahmlich ließ er bei seinem kurzen Besuch einen Stapel Spielkarten zur Decke und wieder komplett zurück in seine Hand fliegen.

Aber retour nach damals und in jene Zeit.

Vor den Weihnachtsferien führte unser Lehrer eine besondere Art von vorzeitiger Bescherung ein. Jeder sollte zu Hause ein Päckchen mit Geschenken, die er selbst nicht mehr unbedingt brauchte, zusammenschnüren und mit einer Nummer versehen.

Diese Nummern haben wir auf Karten übertragen, die ihrerseits wiederum kräftig, ähnlich wie die Kugeln im heutigen Lotto, gemischt wurden.

Die »notarielle Aufsicht« durfte der Herr Katechet übernehmen, der sonst versuchte, uns die Zehn Gebote näherzubringen.

Seine Autorität gewann dadurch etwas. Sonst war er nämlich weniger beliebt, weil er anfangs immer noch die Meinung vertrat, Religion und körperliche Züchtigung gehörten zusammen.

Es konnte aber gar nicht so verwunderlich sein, dass er eine ziemliche Wut auf uns hatte. Immer wieder musste er unter unseren versteckten Attacken leiden. Auch seine theologisch wohlbegründeten Fragen zogen manchmal ungezogene Antworten nach sich, wie zum Beispiel diese: »Was passiert, wenn ich eines der Zehn Gebote breche? Muss ich dann später sofort in die Hölle?«

Von irgendwo aus der Klasse kam die Antwort: »Dann sind es nur noch neune, die Sie beachten müssen.« Normalerweise hätte es da ziemlich Saures gegeben.

Falls der Übelsprecher enttarnt worden wäre.

Wir wussten ja genau, dass er auf das Fegefeuer hinauswollte, wo die Seelen der weniger bösen Sünder erst einmal richtig durchgefegt werden sollten.

Offensichtlich hatte ihn aber unser Lehrer schon vorher umstimmen und ihm beibringen können, dass seine Gewalteinwirkungen nur noch mehr Aggressionen bei uns auslösen würden. Der gute, schwarz gekleidetc Mann mit dem weißen Stehkragen lächelte ziemlich mühsam – und natürlich sauer.

Die weihnachtlich erhabene Vorausstimmung konnte er sowieso keineswegs aus den Angeln heben. Wir widmeten uns intensiv und bei Kerzenschimmer den gut verpackten Überraschungen.

Die Verwunderung beim Auspacken der Präsente war teilweise enorm.

Von entwendetem Gebäck aus dem Vorrat für die festlichen Tage, angebrochenen Schokoladentafeln, alten Taschenlampen, Skiwachs über handgeschriebene Witze bis zu selbst gebastelten Klapsmühlen erstreckte sich eine breite Palette von brauchbaren bis zu eigenartigen Geschenken.

Ein eifriger Tauschhandel schloss sich an. Der Lehrer ließ uns gewähren. Nur hin und wieder spielte er Schiedsrichter bei beginnenden Auseinandersetzungen.

Zum Abschluss vor den Weihnachtsferien sangen wir einen Kanon mit christlichem Hintergrund, und die Nichtsänger durften dazu wie in dem Lied von der Petersburger Schlittenfahrt mit kleinen Schellen klingeln und tanzartige Bewegungen ausführen.

Den Kanon hatte der Lehrer selbst komponiert.

Leider wurde der Mann schon im nächsten Jahr versetzt. Man munkelte, dass der Herr Schulrat mit so einer Unterrichtsweise nicht einverstanden war.

Dabei bemerkten mehrere Eltern stolz: »Unser Lausbub geht ja plötzlich sogar gerne zur Schule. Sein letztes Zeugnis ist wie aus einer anderen Welt. Woran das nur liegen mag?«

Die große Bescherung

So richtig bekannt gemacht und installiert wurde unser Weihnachtsfest eigentlich von einem römischen Kaiser, als man dort das Christentum nachhaltig eingeführt hatte. Er dachte sich: Warum soll nur der bekannte Lichtgott Mithras aus dem persischen Ausland immer gut für ein großartiges Ereignis sein?

Auch die Ägypter hatten sich für einen ähnlichen, aufwendigen Event mit Palmwedeldekoration schon früh hervorgetan.

Oder die verrückten keltisch-germanischen Druiden mit ihrem Eichenkult: Die wollten natürlich auch nachhaltig beeindrucken.

Der findige Cäsar war daraufhin aber überhaupt nicht faul: »Da nehmen wir lieber eine Tanne mit Schmuckbehang, und schon entsteht unser Weihnachten. Wir machen ein Staatsfest daraus zum Andenken an die Geburt unseres Erlösers!«

Gesagt, getan. Seitdem sind wir jedes Jahr sehr glücklich, dankbar und vielleicht sogar etwas entrückt, wenn die »staade Zeit« anbricht.

Im weiteren Verlauf wie im Mittelalter, im Rokoko oder in der beginnenden Neuzeit schlug unsere Feier zur Niederkunft Christi so starke Wurzeln, dass kein Gläubiger diese hohe Zeit heutzutage mehr missen möchte.

Zwischendurch, genau gesagt 1777, segelte der einmalige Entdecker und Seereisende aus dem bekannten Großbritannien, Kapitän James Cook, dreimal um beinahe die gesamte Welt, bevor er genau am 24. Dezember die »Weihnachtsinsel« entdeckte.

Dieser Zufall bestärkte eine vorhandene Tradition wesentlich und gab der Sache neuen Auftrieb.

Die erfreuten Mannschaften seiner beiden Schiffe »Discovery« und »Resolution« feierten daraufhin als Fingerzeig von oben unser christliches Fest mit Freude und Ausdauer einige Tage, bis sie unter Mitnahme von ein paar Hundert Schildkröten als Proviant weiterzogen.

Im Sinne der Ausbreitung solcher abendländischer Traditionen ist zwar die Schildkröte dort inzwischen ausgestorben, aber der Missionsgedanke konnte leider wenig Fuß fassen. Mohammedaner, Buddhisten und fast keine Christen mehr sind heute die Siedler dieser Gegend namens »Kiritimati«.

Wenigstens konnte man aber, wenn auch viel später, aus Anlass des Namens diese Insellandschaft bescheren und beglücken. Die abendländisch-englisch-amerikanische Kultur überraschte mit mehreren, brandheißen Geschenken.

In den 50er- und 60er-Jahren des vorigen Jahrhunderts hatte man den Einfall, unsere Lebensart und die wunderbaren Traditionen prophylaktisch, aber nachhaltig gegen alle möglichen Feinde oder solche, die es werden wollten, zu verteidigen.

Von vornherein sollten diese in ihre Schranken gewiesen werden.

Glücklicherweise waren auch die Mittel dazu von vorausdenkenden, hilfsbereiten Wissenschaftlern soeben erfunden worden. Es fehlte nur noch ein passendes Versuchsgelände.

Und so begab es sich, dass mithilfe von Atom- und Wasserstoffbomben der gesamten Welt klargemacht wurde, »wo der Bartel den Most holt«, wie man es auf Bairisch ausdrücken würde.

Eindrucksvolle, gewaltige Pilze stiegen unter Gedröhn und Geblitz an dem abgelegenen Ort gen Himmel.

Seitdem wachsen dort zwar weder Pilze noch andere empfindliche Gewächse, aber sonst soll das Leben wieder seinen normalen Gang genommen haben.

Die Allergie der Bevölkerung gegen unsere abendländisch-christliche Kultur konnte leider bisher nicht gänzlich geheilt werden.

Die Heiligen Vier Könige

Das adventlich-weihnachliche Geschehen reicht ja meistens bis weit in das alte sowie auch in das neue Jahr hinein.

Sogar wenn am Baum schon weniger Nadeln hängen, als am Boden liegen, überdauert das Symbol des Friedens und der Freude mindestens bis Lichtmess.

Der Adventskranz kann sich da schon lange nicht mehr sehen lassen, auch wenn er nicht die Ursache für einen größeren Brand war.

Für das kommende, neue Weihnachtsfest ist aber ein Baum ohne Nadeln nicht geeignet. Deshalb wird er oft an Plätzen ausgesetzt, die keiner als Endstation eines strahlend festlichen Lichterbaumes vermutet hätte. Glücklicherweise frischt so mancher Sportverein seine Finanzen mit einer ausgedienten Nordmanntannenruine zur lustigen Christbaumversteigerung auf.

Die Heiligen Könige aus dem Morgenlande kommen da schon früher, bewaffnet mit Weihrauchkessel und Sammlerauftrag für gute Zwecke. Weil da ja sogar in bayerischen Landen für die sonst weniger geliebten Ausländer ein Feiertag eingefügt wurde.

Aber oft ist man sehr erschrocken, wenn plötzlich ein spätweihnachtlicher, mehrstimmiger Gesang vor der Haustüre erschallt. Manche Bürger spähen da eifrig heimlich aus dem Fenster und stellen sich tot, wenn die Könige nahen. Diese frommen Boten einfach so wegscheuchen, das wagt keiner, wo doch der Kaspar, der Melchior und auch der Balthasar sogar die bösen Geister mit der Kreide und ihren Initialen vertreiben können.

Das ist keine heidnische Zauberei, weil dann das ganze restliche Jahr der Segen Gottes das Haus und seine Bewohner bewacht.

Einem Freund gelang das Verscheuchen aber völlig unfreiwillig. Als die Hausglocke zu frühzeitlicher Stund an seiner Türe erschallte, dachte er, sein Untermieter in Gestalt seines Sohnes würde einen geliehenen Schraubenzieher zurückbringen. Und weil es sich begab, dass er in der Badewanne saß, sprang er nackt und bloß zur Türe.

Kaum hatte er geöffnet, erscholl der fromme Gesang, und im Weihrauchnebel standen vier Könige.

Jedoch, wie es in gläubigen Kreisen der Brauch ist, erschreckte die unvermittelt auftretende Nacktheit sowohl Kaspar als auch Melchior und Balthasar, aber auch den vierten namenlosen Mitkönig sehr. Umgehend suchten sie das Weite.

Als der Sohn den Schraubenzieher zurückbrachte, waren die Heiligen anscheinend schon wieder längst über alle Berge im palästinensischen, überwiegend heidnischen Ausland.

Während die drei bekannten Adeligen aus Kleinasien immer mit Weihrauch, Gold und Myrrhe antreten, bleibt die Funktion des vierten Königs rätselhaft. Er war mit bayerischer Tracht einschließlich schmucken Gamsbarthuts angetan wie weiland Prinzregent Luitpold von Bayern. Vielleicht wollte er die drei blaublütigen Asylanten in das bayerische Brauchtum einführen.

Mein Freund hofft aber inbrünstig, dass sie nächstes Jahr wieder erscheinen, damit der Haussegen nicht schief hängt.

Wenn ich damals der Vater Josef des kleinen Jesulein im Stall gewesen wäre und auch so arm, hätte ich vor allem den mit dem Gold hereingelassen.

Der Autor

Wolfgang Schierlitz ist damals geboren und allmählich aufgewachsen. Es folgten Schriftsetzerlehre und Ausbildung zum »Schweizerdegen«. Danach Tätigkeit als Fahrkartendrucker bei der Deutschen Bundesbahn, Verlagshersteller, Typograf, Grafiker und Texter für internationale Firmen. Die Gründung einer eigenen Offizin folgte. Kürzlich erhielt er von der Handwerkskammer Ulm die Auszeichnung »Deutscher Meister«. Mehrere Seh-Mester und Studien auf Allgemeinplätzen und in Bierzelten. Nebenwirkungen: bisher zehn satirische Bücher, Kabarettist mit »H2-O2« und »Die mit den Wölfen heult« sowie Soloauftritte. Er ist Preisträger bei Radio Regenbogen mit dem Verband deutscher Schriftsteller (VS Bayern) – mit einer Sommergeschichte.

Im Rosenheimer Verlagshaus sind bereits die Bücher *Wenn überhaupt, dann höchstens kaum* und *O Pannenbaum!* erschienen.

Von Wolfgang Schierlitz bereits erschienen

Wenn überhaupt, dann höchstens kaum

Das Leben bietet viele Tücken – die Kunst ist, darüber zu lachen. Wolfgang Schierlitz ist Meister dieser Kunst. Er greift Alltagsprobleme auf und verpackt sie in lustige, treffsichere und oft etwas bissige Geschichten. Wegen des vergessenen Handys begibt er sich auf die abenteuerliche Suche nach einem Münztelefon. Philosophisch wird er bei dem Gedanken an unsere immer älter werdende Gesellschaft. Mit viel Humor schildert der Autor Anekdoten aus dem täglichen Leben. Am Ende des Buches wird sich der Leser denken: Genau so geht's mir auch!

Bibliografische Angaben:
Wolfgang Schierlitz
Wenn überhaupt, dann höchstens kaum
208 Seiten
ISBN 978-3-475-54221-3

O Pannenbaum!

Der Nachfolger von „Pleiten, Pech und Tannen“: Wolfgang Schierlitz zeigt uns, wie es rund um Weihnachten so zugehen kann! Katastrophen und Pannen, urkomische Missgeschicke und amüsante Zwischenfälle säumen den Weg zum Fest. In seinem unverwechselbaren Stil erzählt er von etwas sonderbaren Feuerwehreinsätzen, völlig verrücktem Christbaumschmuck und der obligatorischen Beziehungskrise während der Feiertage. Mit einem gehörigen Augenzwinkern stimmt er uns erneut auf die schönste Zeit des Jahres ein und stellt fest, dass niemand perfekt ist.

Bibliografische Angaben:
Wolfgang Schierlitz
O Pannenbaum!
192 Seiten
ISBN 978-3-475-54480-4

Im Rosenheimer Verlagshaus bereits erschienen

Weihnachtsstern

Hans-Peter Schneider entdeckt die unterschiedlichen Facetten des Weihnachtsfestes neu und bringt sie in besinnlichen und heiteren Geschichten und Gedichten zum Ausdruck. Er erzählt von der kleinen Marie, die auch ihrem verstorbenen Opa mit Sauerkraut und Bratwurst ein schönes Fest bereiten will, und von einem Vater, der die Weihnachtsgans beim Metzger vergisst. Dass nicht jeder in Wohlstand lebt, zeigt die Geschichte des kleinen Seppi, der stehlen muss, um seinem Vater ein Geschenk machen zu können.

Bibliografische Angaben:
Hans-Peter Schneider
Weihnachtsstern
208 Seiten
ISBN 978-3-475-54212-1

Mehr Informationen zu unserem Verlagsprogramm finden Sie unter www.rosenheimer.com